A ARTE DA GUERRA

Título original: *Dell'arte della guerra*
Copyright © Editora Escala, 2006
Copyright © Editora Lafonte Ltda., 2021

Todos os direitos reservados.
Nenhuma parte deste livro pode ser reproduzida sob quaisquer
meios existentes sem autorização por escrito dos editores.

Direção Editorial	*Ethel Santaella*
Tradução	*Ciro Mioranza*
Revisão	*Nazaré Baracho*
Revisão de capa	*Rita Del Monaco*
Diagramação	*Demetrios Cardozo*
Imagem de Capa	*matrioshka / Shutterstock.com*

Dados Internacionais de Catalogação na Publicação (CIP)
(Câmara Brasileira do Livro, SP, Brasil)

Machiavelli, Niccolò, 1469-1527
 A arte da guerra / Niccolò Machiavelli ; tradução
Ciro Mioranza. -- São Paulo : Lafonte, 2021.

 Título original: Dell'arte della guerra
 ISBN 978-65-5870-161-3

 1. Arte e ciência militar - Obras anteriores a
1800 2. Ciência política - Obras anteriores a 1800
3. Ética política - Obras anteriores a 1800
I. Título.

21-76853 CDD-355

Índices para catálogo sistemático:

1. Arte e ciência militar 355

Eliete Marques da Silva - Bibliotecária - CRB-8/9380

Editora Lafonte

Av. Profª Ida Kolb, 551, Casa Verde, CEP 02518-000, São Paulo-SP, Brasil - Tel.: (+55) 11 3855-2100,
Atendimento ao leitor (+55) 11 3855-2216 / 11 3855-2213 – *atendimento@editoralafonte.com.br*
Venda de livros avulsos (+55) 11 3855-2216 – *vendas@editoralafonte.com.br*
Venda de livros no atacado (+55) 11 3855-2275 – *atacado@escala.com.br*

MAQUIAVEL

A ARTE DA GUERRA

Tradução
Ciro Mioranza

Lafonte

Índice

Apresentação 7

Prefácio de Niccolò Machiavelli, Cidadão e secretário de florença,
A Arte da Guerra 9

Livro I 13

Livro II 39

Livro III 73

Livro IV 97

Livro V 111

Livro VI 129

Livro VII 153

Apresentação

A Arte da Guerra é um livro pouco conhecido de Maquiavel (Niccolò Machiavelli). Publicado em 1521, de estilo suave e objetivo, é um livro técnico sobre a arte de arregimentar e disciplinar um exército, de preparar-se para uma guerra defensiva, mover guerra ofensiva, inspirar o guerreiro à precaução para conquistar a vitória.

Desprovido de qualquer ilação maquiavélica, não parece escrito por Maquiavel, que tanta fama, crítica, endeusamento e condenação conquistou com seu célebre *Il Principe*, O Príncipe. Em *A Arte da Guerra*, encontra-se um Maquiavel preciso em suas descrições, sóbrio e compenetrado, e não menos preocupado em fomentar a reformulação dos exércitos decadentes e indisciplinados de sua época, sobretudo da Itália.

Seu livro é um elogio aos exércitos da Antiguidade, sobretudo dos gregos e romanos. Ao mesmo tempo, propõe uma remodelação total dos exércitos de sua época. Para tanto, parte do zero, desde o recrutamento do elemento humano até os tipos de armas mais convenientes, desde o treinamento intensivo e disciplinador do soldado até as formas ideais de acampamento, desde a construção de fortificações até as diversas maneiras de miná-las e conquistá-las, desde o tipo de víveres a levar para a guerra até a descrição dos terrenos mais apropriados para facilitar a conquista de uma vitória, passando ainda por estratagemas e armadilhas para ludibriar o inimigo, tratamento a ser conferido ao bom e ao mau soldado, recompensas e castigos e todos os detalhes que possam envolver um comandante e um exército num combate.

Entre suas considerações táticas, não deixa de tecer comentários sobre temas paralelos, como o domínio, o poder, a ditadura, a democracia, a política em geral, as grandes lições da história. Demonstrando-se um grande estrategista, vez por outra envereda pelo caminho de refinada ironia, endereçada a seus contemporâneos, detentores do poder, quando não lhes dirige pesadas críticas, sublinhando sua falta de visão, sua indolência, frouxidão, luxo, defeitos que os levam a memoráveis derrotas não somente no campo bélico, mas também no político e moral, acarretando desesperança, conformismo e miséria.

Embora pareça enfadonho nas partes em que trata da disposição do acampamento, da formação do exército em ordem de batalha, o livro é de leitura fácil e atraente, sobretudo para quem gosta de história e de se transportar para o século 16. O texto se torna mais leve porque o autor apresenta suas ideias em forma de diálogo, em que intervêm vários interlocutores. O leitor achará interessante tomar conhecimento das maneiras de se fazer guerra e poder comparar as armas usadas na época com as modernas. Poderá, enfim, observar que o mundo evoluiu espantosamente, mas guerra e paz, domínio e poder, devastação e conquista são temas tão prementes hoje quanto o eram no século 16 e hoje, talvez, até mais do que o eram então.

O tradutor

Prefácio De Niccolò Machiavelli, Cidadão e Secretário De Florença, ao livro

A Lorenzo Strozzi, cavalheiro florentino

Foi dito, Lorenzo, e ainda se diz todos os dias, que não há nada que tenha menos relação, que nada difere tanto um do outro, como a vida civil da vida militar. Por isso, logo que alguém abraça a vida das armas, deixa de imediato, com seu vestuário, os usos, os costumes, a própria voz e a manutenção da cidade. De fato, essa aparência exterior não pode convir a quem quer ser rápido e estar pronto a cometer toda espécie de violência. Não se poderia conservar usos e formas que podem ser interpretadas como efeminadas, pouco favoráveis a suas novas ocupações. Poderia acaso ser conveniente conservar a aparência externa e a linguagem usual para aquele que, com blasfêmias e barba, quer incutir medo nos outros homens? O que ocorre em nossos dias torna essa opinião realmente verídica e essa conduta muito consequente.

Se considerarmos, porém, o sistema político dos antigos, poderemos ver que não havia condições mais coesas que essas duas, mas conformes e mais próximas por um mútuo sentimento de benevolência. Com efeito, todas as organizações criadas para o benefício comum da sociedade, todas as instituições formadas para inspirar o temor de Deus e das leis seriam inúteis se uma força pública não fosse destinada para fazê-las respeitar. E quando essa é bem organizada, supre até os próprios vícios da constituição. Sem esse auxílio, mesmo o Estado mais bem constituído acaba por se dissolver, como estes palácios magníficos que, resplandecentes de ouro e pedrarias em seu interior, falta-lhes um teto que os proteja das intempéries.

Entre os antigos, nas repúblicas e nas monarquias, se havia uma classe de cidadãos a quem se procurava inspirar de preferência a fidelidade às leis, o amor à paz e o respeito aos deuses, era, certamente, aos cidadãos que eram soldados. De quem, com efeito, a pátria deveria esperar maior fidelidade do que aquele que prometeu morrer por ela? Quem deveria amar mais a paz senão aquele que geralmente mais sofre com a guerra? Quem, enfim, deveria respeitar, sobretudo, a Deus senão aquele que, expondo-se todos os dias a uma multidão de perigos, tem maior necessidade do auxílio do céu? Essas verdades haviam sido muito bem captadas por seus legisladores e por seus generais. Por isso, cada um se dispunha com prazer em agir e se esforçava para seguir os austeros e puros costumes dos acampamentos. Mas, a disciplina militar, ao se corromper e se afastar inteiramente das normas antigas, propiciou o surgimento destas funestas opiniões que espalham por toda parte o ódio pelos militares e a aversão por seu comércio.

Quanto a mim, após ter refletido sobre o que vi e li, parece-me que não seria impossível reconduzir o estado militar à sua primeira instituição e resgatar nele alguma coisa de sua antiga virtude. Resolvi, então, mesmo para não ficar inativo durante esse tempo de lazer que tenho, escrever para os admiradores da Antiguidade o que pouco sei sobre a *Arte da Guerra*. Bem sei que é temerário escrever sobre um ofício que jamais exercemos. Acredito, contudo, que não se possa dirigir grandes repreensões por ousar ocupar, no papel somente, um posto de general, que muitos ocuparam na realidade com muito maior presunção ainda. Os erros em que possa incorrer, ao escrever, podem ser retificados e não haverão de prejudicar a ninguém, mas as falhas daqueles só são percebidas pela ruína dos impérios.

Deixo a ti, Lorenzo, a oportunidade de apreciar meu trabalho. Tu haverás de julgar se merece elogio ou censura. Eu o ofereço a ti, como modesto penhor do reconhecimento que te devo por todos os teus benefícios. Costuma-se dedicar esse tipo de obra a homens distintos por nascença, por suas riquezas, seu talento e sua generosidade. Não há muitos homens que possam ser comparados a ti por nascença ou pela riqueza, muito poucos pelo talento e nenhum pelas qualidades liberais.

NICCOLÒ MACHIAVELLI, CIDADÃO E SECRETÁRIO FLORENTINO A QUEM LER:

Creio que seja necessário, para que o leitor possa entender, sem dificuldade, a ordenação dos campos de batalha do exército e dos alojamentos, conforme aparecem na descrição, mostrar as figuras de alguns deles. Por isso é preciso esclarecer, primeiramente, sob quais sinais ou caracteres os infantes, os cavalos e todos os outros elementos específicos são representados.

Convém saber, portanto, que essa letra:

- **o** infantes com o escudo
- **n** infantes com o pique (espécie de lança)
- **x** decuriões
- **v** vélites ordinários
- **u** vélites extraordinários
- **C** centuriões
- **T** condestáveis das batalhas
- **D** chefe do batalhão
- **A** capitão geral
- **S** instrumentos de fogo
- **Z** bandeira, o estandarte
- **e** cavalaria ligeira
- **r** cavalaria pesada
- **θ** artilharia

Livro I

Certo de que é permitido elogiar um homem que já não existe mais, porquanto a morte afasta de nós qualquer motivo, qualquer suspeita de bajulação, não teria receio de pagar aqui um tributo de elogios a meu amigo Cosimo Rucellai, de quem não posso lembrar o nome sem que meus olhos se encham de lágrimas. Ele possuía todas as qualidades que um amigo deseja ver em seu amigo e que a pátria exige de seus filhos. Não há bem, acredito, por mais precioso que seja, sem excetuar a própria vida, que não tivesse sacrificado de bom grado por seus amigos. Não havia empresa tão ousada de que tivesse medo, se disso decorresse algum benefício por sua pátria.

Acho que, entre todos os homens que conheci e com os quais convivi, não encontrei outro mais suscetível para se inflamar com o relato de belas e grandes ações. O único pesar que confessou no leito de morte a seus amigos foi o de morrer entre seus familiares, jovem e sem glórias, sem que qualquer serviço importante pudesse ter assinalado sua carreira. Sentia que não haveria nada a dizer dele, a não ser que havia se conservado fiel à amizade.

Na falta de ações, posso, juntamente com alguns daqueles que igualmente o conheceram, dar um testemunho verdadeiro de suas brilhantes qualidades. Foi a sorte, que lhe totalmente adversa, o que lhe permitiu de nos transmitir tão somente alguma lembrança da delicadeza de seu espírito. Deixou vários escritos e, entre outros, uma coletânea de versos eróticos, nos quais se exercitou em sua juventude, sem ter qualquer objeto real de amor, mas somente para ocupar seu tempo até que a sorte pudesse volver seu espírito para pensamentos mais elevados. Pode-se constatar por esses escritos com que sucesso sabia expressar seus pensamentos e quanta fama teria conseguido na poesia se tivesse feito disso o único objeto de seus estudos.

A morte me havia tirado, portanto, esse amigo tão caro. Não posso, no que me toca, remediar sua perda a não ser ocupando-me de sua memória e recordando essas diferentes características que assinalam a perspicácia de seu espírito ou a sabedoria de sua razão. A esse respeito, nada de mais recente posso mencionar do que o encontro que ele teve em seus jardins com Fabrizio Colonna, onde esse lhe falou longamente sobre a arte da guerra e onde Cosimo se destacou por suas perguntas muito pertinentes e sensatas. Eu estava presente, assim como alguns de nossos amigos. Resolvi transcrever esse colóquio para que os amigos de Cosimo, que como eu foram testemunhas, relembrem-se de seu talento e de suas virtudes. Seus demais amigos sentirão por não terem podido estar presentes para ouvir um dos homens mais instruídos deste século, mas poderão tirar algo de útil de suas sábias lições, ministrados não somente sobre a arte militar, mas também sobre a vida civil.

Fabrizio Colonna, de volta da Lombardia, onde havia combatido por muito tempo e com honra para o rei da Espanha, passou por Florença e aí permaneceu alguns dias para visitar o Grão-Duque e rever alguns cavalheiros com os quais estivera ligado outrora. Cosimo resolveu convidá-lo para estar em seus jardins, não para mostrar o brilho de sua magnificência, mas para poder conversar longamente com ele. Achava que não podia deixar escapar a oportunidade de recolher, sobre importantes questões que eram objeto de seus pensamentos habituais, as diversas informações que devia naturalmente esperar desse homem. Fabrizio aceitou o convite. Vários amigos de Cosimo se encontravam ali igualmente reunidos, entre outros, Zanobi Buondelmonti, Battista della Palla e Luigi Alamanni, todos jovens muito estimados por Cosimo, apaixonados pelos mesmos temas de estudo que ele. Não vou traçar aqui seu mérito nem suas raras qualidades, pois nos dão as mais brilhantes provas delas todos os dias. Fabrizio foi recebido com todas as distinções convenientes ao local, às pessoas e às circunstâncias.

Terminada a refeição, depois de tiradas as mesas e depois que os convivas haviam provado todos os prazeres da festa, tipo de distração à qual os grandes homens ocupados com os mais elevados pensamentos geralmente dedicam pouco tempo, Cosimo, sempre atento ao principal objetivo a que se havia proposto, aproveitou da ocasião do calor excessivo (eram, então, os dias mais longos do verão) para levar o grupo na parte mais retirada e sob as sombras mais densas de seus jardins. Chegando ao local, alguns sentaram-se na relva, os outros em cadeiras dispostas sob as frondosas árvores. Fabrizio achou o local encantador. Observou, especialmente, algumas dessas árvores que tinha dificuldade em reconhecer. Cosimo percebeu isso e lhe disse: "Uma parte dessas árvores pode ser desconhecida para ti. Não é preciso se maravilhar, pois a maioria era mais procurada pelos antigos do que em nossos dias." Citou os seus nomes e contou como seu bisavô Bernardo se havia ocupado particularmente dessa cultura. Fabrizio replicou: "Já tinha pensado no que dizes. Esse gosto de teu bisavô e esse lugar me lembram alguns príncipes do reino de Nápoles que têm os mesmos gostos e gostam desse tipo de cultura." Então, parou por instantes, como que indeciso se deveria prosseguir. Finalmente, acrescentou: "Se não tivesse receio de ofender, daria minha opinião a respeito... Temer, enfim, mas falo com amigos e o que vou dizer é somente para manter a conversação e não para ofender quem quer que seja. Oh! Como seria melhor, parece-me, imitar os antigos em seu vigor viril e sua austeridade do que em seu luxo e frouxidão, naquilo que praticavam sob o ardor do sol do que naquilo que faziam à sombra! É na Antiguidade, em sua vertente pura e antes que fosse corrompida, que é preciso ir haurir para copiar os costumes. Foi quando esses gostos se apoderaram dos romanos que minha pátria se perdeu." Cosimo lhe respondeu. (Mas, para evitar o enfado de repetir tão frequentemente "esse disse, aquele respondeu", eu diria somente, sem nada acrescentar, os nomes dos interlocutores).

Cosimo – Abriste um colóquio da maneira que eu desejava. Peço-te que me fales com total liberdade, pois assim gostaria de poder também te interrogar. Se, em minhas perguntas ou respostas, desculpo ou condeno alguém, não estará oculta intenção alguma de minha parte de desculpar ou de acusar, mas o farei somente para aprender de ti a verdade.

Fabrizio – Gostaria muito de te dizer tudo o que eu poderia saber sobre as diversas questões que me haverás de propor. Tu poderás julgar se digo a verdade ou não. De resto, haverei de acolher tuas perguntas com grande prazer. Elas me serão tão úteis quanto poderão ser para ti minhas respostas. O homem que sabe perguntar nos descortina pontos de vista e nos oferece uma multidão de ideias que, sem isso, jamais se teriam apresentado a nosso espírito.

Cosimo – Torno ao que me dizias antes, que meu avô e os príncipes napolitanos teriam agido melhor se tivessem imitado os antigos em seu vigor viril do que em sua moleza. Aqui, desejo desculpar meu avô. Quanto aos outros, deixo-os a teu encargo. Não acho que tenha existido em sua época um homem que detestasse mais que ele a moleza e que apreciasse mais essa austeridade que acabaste de elogiar. Mas, ele sentia que nem ele próprio conseguia praticar essa virtude nem fazê-la praticar seus filhos, num século de tal maneira corrompido que todo aquele que tentasse se afastar dos costumes estabelecidos seria ridicularizado por todo mundo. Se alguém, a exemplo de Diógenes, em pleno calor do verão e no maior ardor do sol, rolasse nu sobre a areia ou sobre a neve no período mais rigoroso do inverno, seria tratado como louco. Se alguém educar seus filhos para as batalhas, como os espartanos, fazendo-os dormir ao relento, marchar descalços e com cabeça descoberta e tomar banho nas águas geladas durante o inverno para fortalecê-los contra a dor, para enfraquecer neles o amor pela vida e lhes inculcar o desprezo da morte, não seria somente ridicularizado, mas seria considerado como um animal feroz e não como um homem. Se alguém hoje só vivesse de verduras, como Fabrizio, e desprezasse as riquezas, por muito poucos seria louvado e não seria imitado por ninguém. Por isso, meu avô, espantado com a evolução dos costumes atuais, sequer ousava abraçar os costumes antigos e se contentava em imitar os antigos somente naquilo que não provocasse grande escândalo.

Fabrizio – Em relação a isso, conseguiste desculpar muito bem teu avô e, sem dúvida, tens razão. Mas, o que eu me propunha relembrar era muito menos esses hábitos duros e austeros que os costumes mais fáceis, mais conformes com a nossa maneira atual de viver e que cada cidadão revestido de alguma autoridade poderia introduzir, sem dificuldade, em sua pátria. Relembraria, ainda, uma vez, os romanos e parece necessário remontar sempre a eles. Se suas instituições e seus costumes forem examinados com atenção, poder-se-á observar muitas coisas que poderiam ser revividas com facilidade numa sociedade que não estivesse de todo corrompida.

Cosimo – Posso perguntar em que seria conveniente imitá-los?

Fabrizio – Como eles, seria necessário honrar e recompensar a virtude, não desprezar a pobreza, ter estima pelas instruções e disciplinas militares, empenhar os cidadãos a ter estima recíproca, a fugir das facções, a preferir os benefícios comuns em vez das vantagens pessoais, enfim, praticar outras virtudes similares, bem compatíveis com os tempos de hoje. Não seria difícil inspirar esses sentimentos se, após ter refletido bastante, buscasse-se os verdadeiros meios de difundi-los. Estão, tão carregados de verdade que estariam ao alcance dos espíritos mais comuns. Aquele que conseguisse semelhante sucesso teria plantado árvores sob cuja sombra passaria dias muito melhores, sem dúvida, do que os de hoje.

Cosimo – Não pretendo discordar com o que acabaste de dizer, pois compete aos que têm uma opinião a respeito disso se pronunciar. Mas, para melhor esclarecer minhas dúvidas, prefiro dirigir-me a ti que acusas tão veementemente teus contemporâneos que, nas circunstâncias importantes da vida, negligenciam em imitar os antigos e te perguntaria por que, se achas que essa negligência leva-nos a desviar do verdadeiro caminho, não procuraste aplicar alguns hábitos desses antigos na arte da guerra, que é teu negócio, por meio do qual conseguiste amealhar tão grande reputação.

Fabrizio – Chegamos, exatamente, aonde eu queria que tu chegasses. O que disse até agora era somente para provocar essa pergunta. Era tudo o que eu queria. Teria uma desculpa para me escapulir, mas desde que o tempo o permite, para tua satisfação e para a minha também, pretendo tratar esse assunto mais a fundo. Os homens que premeditam algum empreendimento devem, em primeiro lugar, dispor-se a isso com todos os meios para estarem em condições de agir na primeira ocasião. E como as disposições tomadas com prudência devem ser ignoradas, não podem ser acusados de negligência se a ocasião não se apresentar. Se finalmente se apresentar e ficarem inativos, pode-se julgar que suas disposições não foram suficientes ou que não tomaram sequer uma. E como, em relação a mim, a ocasião jamais se apresentou de acordo com as disposições que eu havia tomado para levar os exércitos a sua antiga instituição, ninguém pode me acusar de nada ter feito. Parece-me que essa desculpa seria suficiente para responder a teu questionamento.

Cosimo – Sim, se eu estivesse certo que a ocasião nunca se havia apresentado.

Fabrizio – Como, de fato, podes duvidar que ela se tenha apresentado a mim ou não, quero te entreter longamente, porquanto demonstras gentileza em escutar-me sobre as disposições preparatórias que é preciso tomar, sobre o tipo de ocasião que se deve apresentar e sobre os obstáculos que se opõem ao sucesso dessas disposições e que impedem a própria ocasião de surgir. Pretendo explicar-te, enfim, embora isso possa parecer contraditório, como esse empreendimento é ao mesmo tempo muito difícil e muito fácil.

Cosimo – Nada mais agradável poderíamos, meus amigos e eu, ouvir de ti. Se não te cansares de falar, certamente não nos cansaremos de te ouvir. Entretanto, como este colóquio deverá ser longo, peço-te permissão de me valer da ajuda deles. Pedimos-te antecipadamente que permitas que te importunemos com nossas perguntas. Se por vezes ousarmos te interromper...

Fabrizio – Ficarei encantado, Cosimo, com as perguntas que me haveis de dirigir, tu e teus jovens amigos. Vossa juventude deve vos proporcionar o gosto pela arte militar e maior condescendência para com minhas opiniões. Os velhos de cabelos brancos e com sangue gelado não gostam de ouvir falar de guerra ou são incorrigíveis em seus preconceitos. Eles acham que é a corrupção dos tempos e não as más instituições que nos reduzem ao estado em que nos encontramos. Perguntai, portanto, sem receio, peço-vos, tanto para ter primeiramente o tempo para respirar um pouco e também porque não gostaria de deixar qualquer dúvida em vosso espírito.

Volto ao que foi dito, isto é, que na guerra, que é minha profissão, eu não havia adotado nenhum costume dos antigos. A isso respondo que a guerra feita como profissão não pode ser exercida honestamente pelos privados em qualquer tempo. A guerra deve ser tarefa exclusiva dos governos, das repúblicas ou dos reinos. Um Estado bem constituído jamais permitiu a seus cidadãos ou a seus súditos movê-la por iniciativa deles próprios e jamais, a bem dizer, um homem de bem a abraçou como sua profissão específica. Com efeito,

poderia, acaso, considerar como um homem de bem aquele que abraça uma profissão que o arrasta, se quiser que lhe seja constantemente útil, à violência, à rapina, à perfídia e à multidão de outros vícios que fazem dele necessariamente um homem desonesto? Ora, nessa profissão, ninguém, grande ou pequeno, pode fugir desse risco, porquanto não os nutre a nenhum deles na paz. Para viver, são, então, forçados a agir como se não houvesse paz, a menos que tenham enriquecido durante a guerra e não necessitem temer a paz. Certamente, esses dois modos de vida não convêm a um homem de bem. Disso decorrem os roubos, os assassinatos, a violência de todo tipo, coisas que tais soldados se permitem em relação a seus amigos e a seus inimigos. Seus comandantes, na necessidade de afastar a paz, arquitetam mil artimanhas para prolongar a guerra e, se a paz finalmente é estabelecida, forçados a renunciar a seu soldo e à luxúria de seus costumes, organizam um bando de aventureiros e passam a saquear, sem piedade, províncias inteiras.

Não vos lembrais dessa terrível época para a Itália quando, com o fim da guerra que havia deixado uma multidão de soldados sem pagamento, esses se organizaram em bandos e partiam, cercando castelos e devastando regiões, sem que nada pudesse detê-los? Esquecestes que, depois da primeira guerra púnica, os soldados cartagineses se reuniram sob o comando de Matho e de Spendio, dois comandantes rebeldes eleitos por eles, e moveram uma guerra contra Cartago muito mais perigosa do que aquela que acabavam de sustentar contra os romanos? E da época recente de nossos pais, quando Francesco Sforza, para conservar uma vida digna durante a paz, não só derrotou os milaneses que o mantinham a soldo, mas lhes tirou também sua liberdade e se estabeleceu como seu soberano.

Esse foi o comportamento de todos os outros soldados da Itália que fizeram da guerra sua única profissão. E se todos não chegaram a se tornar duques de Milão, merecem, da mesma forma, toda reprovação, porquanto cometeram os mesmos crimes, ainda que não tenham conseguido tão grandes vantagens. Sforza, o pai de Francesco, forçou a rainha Giovanna a se atirar nos braços do rei de Aragón ao abandoná-la repentinamente, deixando-a indefesa no meio de seus inimigos. O único motivo para tanto era o de saciar sua ambição, extorquindo dela grandes contribuições ou mesmo pretendendo tirar-lhe seus Estados.

Braccio procurou, por meios similares, apoderar-se do reino de Nápoles. Teria conseguido se não tivesse sido derrotado e morto em Aquila. Todas essas desordens aconteceram justamente porque todos esses homens haviam feito da guerra sua única profissão. Não conheceis o provérbio que corre entre vós e que apoia minha opinião. A guerra faz os ladrões e a paz os leva à forca? De fato, quando um cidadão que vivia unicamente da guerra perdeu esse meio de subsistência, não tem a virtude suficiente para saber se curvar, como homem honrado, sob o jugo da necessidade; ele é forçado pela própria necessidade a vagar pelas grandes estradas, forçando a justiça a caçá-lo para o destino da forca.

Cosimo – Tu me levas quase a desprezar essa profissão das armas que eu considerava como a mais bela e a mais honrada para exercer. Por isso, não ficaria satisfeito contigo se não a reabilitasse um pouco em meu espírito. Caso contrário, não saberia como justificar a glória de César, de Pompeu, de Cipião, de Marcelo e de tantos outros generais romanos, cuja fama os elevou, por assim dizer, à condição de deuses.

Fabrizio – Permite-me completar o desenvolvimento de minhas duas proposições. A primeira, que um homem honesto não pode abraçar, como sua profissão, o exercício das armas. A segunda, uma república ou reinos sabiamente constituídos jamais permitiram isso a seus cidadãos ou a seus súditos. Sobre a primeira, nada mais tenho a dizer. Resta-me falar da segunda.

Antes, porém, vou responder a tua observação. Certamente, não foi como homens de bem, mas como hábeis e intrépidos guerreiros que Pompeu, César e quase todos os generais que surgiram depois da última guerra púnica conquistaram tão grande fama. Aqueles, no entanto, que os precederam mereceram a glória por sua virtude, bem como por sua habilidade. De onde vem essa diferença? É que esses não faziam da guerra sua única profissão, enquanto aqueles, ao contrário, se haviam dedicado exclusivamente a ela. Enquanto a república se manteve pura, jamais um cidadão poderoso procurou servir-se da profissão das armas para manter, durante a paz, sua autoridade, derrubar todas as leis, devastar as províncias, tiranizar sua pátria e submeter tudo à sua vontade. Jamais um cidadão das classes inferiores do povo ousou violar seu juramento militar, aliar sua fortuna àquela dos cidadãos privados, desafiar a autoridade do Senado e promover atentados contra a liberdade, a fim de poder viver o tempo todo com sua profissão das armas. Os generais, nos primeiros tempos, satisfeitos com as honras do triunfo, voltavam de bom grado à vida privada. Os soldados depunham as armas com prazer muito maior de quando as haviam tomado e retomavam suas atividades habituais, sem nunca terem concebido o projeto de viver do produto das armas e dos despojos de guerra.

Podemos relembrar um grande e memorável exemplo na pessoa de Atilius Regulus que, na qualidade de general dos exércitos romanos na África, tendo vencido quase totalmente os cartagineses, pediu permissão ao Senado para voltar a cultivar suas terras que seus feitores haviam arruinado. Torna-se evidente, por esse fato, que se ele tivesse feito da guerra sua profissão, se tivesse pensado em torná-la útil para si mesmo, jamais teria pedido para voltar para seus campos, tendo às mãos tantas províncias ricas, pois poderia ter ganhado muito mais a cada dia quanto podia valer o próprio latifúndio de sua propriedade.

Esses homens virtuosos, porém, que não faziam da guerra sua única profissão, nada mais queriam da guerra do que fadigas, perigos e glória. Uma vez carregados desses preciosos despojos, nada mais desejavam, senão voltar a seus lares para viver de sua profissão habitual. A conduta dos soldados parece ter sido a mesma. Eles largavam e retomavam esse exercício sem dificuldade. Se não estivessem sob as armas, alistavam-se voluntariamente. Se estivessem atuando no exército, esperavam ansiosamente por sua dispensa.

Poderia fundamentar essa verdade com mil exemplos, mas vou citar somente um fato, ou seja, de que um dos grandes privilégios que o povo romano concedia a um cidadão era o de não ser obrigado a pegar em armas contra sua vontade. Por isso, durante os belos tempos de Roma, que duraram até os Gracos, jamais houve um soldado sequer que fizesse da guerra sua profissão. Apesar disso, houve pequeno número de maus soldados em seus exércitos que eram todos severamente punidos. Um Estado bem constituído deve, portanto, prescrever a arte da guerra aos cidadãos como um exercício, um objeto de estudo durante a paz e, durante a guerra, como um objeto de necessidade e uma ocasião para conquistar glória. Mas compete tão somente ao governo, como ocorreu com o de Roma, exercê-lo como empreendimento. Todo cidadão privado que tem outro objetivo no exercício da guerra é um mau cidadão. Todo Estado que é regido por outros princípios é um Estado mal constituído.

Cosimo – Plenamente satisfeito com o que acabas de dizer e mais satisfeito ainda com tua conclusão, apesar disso, acho que só é válida para as repúblicas. Parece-me que seria difícil aplicá-la às monarquias. Sou levado a pensar que um rei deve preferir cercar-se de homens que se ocupem unicamente da guerra.

Fabrizio – Sem dúvida, não. Uma monarquia bem constituída, pelo contrário, deve evitar com todas as suas forças uma semelhante ordem das coisas que só serve para corromper o rei e para criar agentes de tirania. Não me fales das monarquias atuais, porquanto te responderia que não há uma sequer que seja bem constituída. Uma monarquia bem constituída não concede a seu rei uma autoridade sem limites, a não ser sobre os exércitos. Somente nesses é que subsiste a necessidade de tomar decisões rápidas e por isso é preciso que um só comande. Em todo o resto, porém, um rei nada deve fazer sem um conselho. E esse conselho deve temer que subsista na corte do rei uma classe de homens que, durante a paz, deseje constantemente a guerra porque sem a guerra ela não pode viver.

Pretendo, contudo, estender-me um pouco mais sobre isso e aprofundar meu raciocínio, sem tomar uma monarquia perfeita, mas analisando somente uma dessas que existem hoje. Afirmo que, mesmo nesse caso, um rei deve recear aqueles que não têm outra profissão, a não ser aquela das armas. Está fora de discussão que a força de um exército reside na infantaria. Se um rei não comanda seu exército de tal modo que, em tempos de paz, a infantaria não deseje voltar a seus lares para exercer suas respectivas profissões, esse rei está perdido. A infantaria mais perigosa é aquela que não tem outra profissão senão a guerra porque um rei que dela se tenha servido uma vez é forçado a mover guerra sempre ou pagá-la sempre ou ainda correr o risco de se ver despojado de seus Estados. Mover guerra sempre é impossível. Pagá-la sempre não é menos impossível. Não resta outro perigo senão o de perder seus Estados. Por isso, os romanos, enquanto conservaram sua sabedoria e sua virtude, jamais permitiram, como já o disse, que os cidadãos fizessem da guerra sua única profissão. Não era porque não pudessem pagá-los sempre, pois estavam sempre em guerra, mas porque temiam os perigos que decorrem da profissão continuada das armas.

Mesmo que as circunstâncias não mudassem, os homens mudavam sem cessar. Eles regulamentaram de tal modo o tempo de serviço militar que, em quinze anos, suas legiões se encontravam totalmente renovadas. Só queriam homens na flor da idade, desde os dezoito até os trinta e cinco anos. Nessa etapa da vida, pernas, braços e olhos gozam de igual vigor e não esperavam que o soldado perdesse forças ou crescesse em insubordinação, como ocorria nos tempos corruptos da república.

Augusto, e a seguir Tibério, mais ciosos de sua própria autoridade do que aquilo que poderia ser útil à república, foram os primeiros a desarmar o povo romano para poder mais facilmente subjugá-lo e a manter constantemente os mesmos exércitos nas fronteiras do império. Julgando que esse meio não era suficiente para subjugar o povo e o Senado, criaram um exército pretoriano, sempre acampado próximo às muralhas de Roma, dominando-a como uma cidadela. A facilidade com que concederam aos cidadãos enviados aos exércitos fazer do exercício das armas sua única profissão produziu a insolência da soldadesca que se tornou o terror do Senado e que tanto mal fez aos próprios imperadores. As legiões decapitaram vários deles, entregaram o império ao bel-prazer de seus caprichos e, por diversas vezes, havia ao mesmo tempo vários imperadores, eleitos por diferentes destacamentos do exército. E qual foi o resultado de todas essas desordens? Primeiramente, o esfacelamento do império e, por fim, sua ruína.

Os reis, ciosos de sua segurança, devem, portanto, compor sua infantaria de homens que, no momento da guerra, dediquem-se de boa vontade, por amor deles, ao serviço dos exércitos, mas que, selada a paz, retornem com a maior boa vontade para seus lares. Para tanto, é preciso que recrutem homens que possam viver de outra profissão e não somente daquela das armas. Um rei deve pretender que, ao final da guerra, seus grandes vassalos voltem para governar seus súditos, seus comandantes voltem para cultivar suas terras, sua infantaria retorne para exercer suas diversas profissões e que cada um deles, enfim, deixe voluntariamente a guerra para ter paz e procure não perturbar a paz para ter guerra.

Cosimo – Teu raciocínio me parece muito bem fundado. Entretanto, como tende a derrubar todas as minhas opiniões passadas a esse respeito, confesso que tenho ainda algumas dúvidas. Na realidade, vejo grande número de senhores, de cavalheiros e outros cidadãos de tua condição viver, em época de paz, seus talentos militares e estreitar acordos com príncipes e repúblicas. Vejo também numerosos soldados que são contratados para defender cidades e fortalezas. Parece-me, portanto, que cada um encontra algum meio de subsistência em época de paz.

Fabrizio – Custa-me crer que possas ter semelhante opinião, pois, supondo que não houvesse qualquer observação a tecer sobre esse costume, o reduzido número de soldados empregados nos lugares que acabas de mencionar bastaria para refutar tua colocação. De fato, qual a proporção existente entre a infantaria necessária para o estado de guerra e o contingente necessário para o período de paz? Em primeiro lugar, as guarnições usuais das cidades e das fortalezas são dobradas durante a guerra. A elas, é preciso acrescentar os soldados mantidos nos campos. Todas essas tropas formam um número considerável que é preciso desfazer-se durante os períodos de paz. Quanto ao reduzido número de tropas que fica encarregado de guardar os Estados, tua república e o papa Júlio deixaram bem claro o que se deve temer dos homens que não têm outra profissão, senão a guerra. Sua insolência levou a dispensá-los e a preferir os suíços que, nascidos sob o regime das leis e selecionados segundo os verdadeiros princípios pelo próprio Estado, devem inspirar mais confiança. Não repita mais, portanto, que na paz todo militar encontra meios de subsistência.

A questão de manter soldados pagos durante a paz é mais difícil de resolver. Após refletir muito bem sobre isso, contudo, poder-se-á ver que esse costume é funesto e contrário aos princípios. De fato, há homens que fazem da guerra sua profissão e haveriam de provocar as maiores desordens num Estado se fossem em número considerável, mas como são pouco numerosos para constituir um exército, não perpetram todo o mal que se poderia esperar. Não é que não sejam por vezes de grande perigo, como o comprova o que contei sobre Francesco e Sforza, seu pai, e de Braccio de Perugia. Afirmo, portanto, que esse costume de pagar soldados é repreensível, funesto e sujeito aos maiores abusos.

Cosimo – Gostarias de renunciar a eles? Ou, se os empregasses, de que maneira os manterias?

Fabrizio – Como tropas sob comando. Mas, não como faz o rei da França, num modo tão perigoso quanto o nosso e que serve somente para alimentar sua insolência, mas ao modo dos antigos que compunham sua cavalaria com seus próprios súditos, enviados, depois, durante os períodos de paz, para o exercício de suas profissões habituais. Antes do final deste colóquio, porém, vou delongar-me mais sobre o tema. Repito, portanto, que se hoje parte das tropas vive da profissão das armas, só acontece por causa da corrupção de nossas instituições militares. Quanto aos vencimentos que são mantidos para nós generais, afirmo uma vez mais que é uma medida muito perniciosa. Uma república sábia não deve concedê-los a ninguém e só deve ter na guerra generais escolhidos entre seus próprios cidadãos. Além disso, em tempos de paz, deve obrigá-los a retomar sua profissão habitual.

Um rei prudente não deve, igualmente, conceder qualquer vencimento a seus generais, exceto se for como recompensa de grande ação ou o preço dos serviços que esses lhe prestam durante a paz. Como me deste um exemplo, tomo a liberdade de falar de mim mesmo. Minha profissão nunca foi a guerra. Minha profissão é governar meus súditos e defendê-los. Para tanto, devo amar a paz e saber fazer a guerra. As recompensas e a estima de meu rei não são tanto o preço de meus talentos militares, mas os conselhos que faz questão de receber de mim durante a paz. Todo rei sábio e que quer governar com prudência só deve querer junto dele homens desse tipo. É igualmente perigoso para ele que aqueles que o cercam sejam demasiado amigos da paz ou demasiado amigos da guerra.

Nada mais tenho a acrescentar as minhas primeiras proposições. Se o que falei não te basta, não serei eu aquele que poderia te convencer. Mas, já pudeste notar quantas dificuldades existem para introduzir a disciplina dos antigos em nossos exércitos, quantas precauções para tanto deve tomar um homem sábio e a natureza das circunstâncias que podem determinar sua esperança de sucesso. Poderias captar mais facilmente todas essas verdades se puderes compreender sem muito esforço a comparação que vou fazer entre as instituições antigas e as de nossos dias.

Cosimo – Tuas sábias colocações só aumentaram o desejo que tínhamos, em primeiro lugar, de te ouvir. Pedimos, insistentemente, depois de te agradecer tudo o que aprendemos até agora, que concluas o que te resta ainda a dizer.

Fabrizio – Já que isso vos agrada, vou tratar dessa questão, tomando-a desde o começo. Esse longo discurso só servirá para esclarecê-la melhor. O objetivo de todo governo que quer mover guerra é o de poder sustentar a campanha contra todo tipo de inimigo e de vencer no dia da batalha. É necessário, portanto, montar um exército. Para isso, é preciso encontrar homens, distribuí-los, exercitá-los em pequenas ou grandes divisões, acampá-los e ensiná-los a resistir ao inimigo em marcha ou no campo de batalha. Nessas diversas partes é que consiste todo o talento da guerra em campo aberto, a mais necessária e a mais honrosa. Quem sabe conduzir uma batalha é perdoado de todos os erros que possa ter cometido em sua conduta militar, mas aquele que carece desse dom, por maiores elogios que possa merecer nas demais partes, jamais haverá de concluir uma guerra com honra. Uma vitória destrói o efeito das piores operações e uma derrota faz abortar os planos mais sabiamente traçados.

A primeira coisa necessária para a guerra é encontrar homens. É preciso, em primeiro lugar, ocupar-se do que chamamos de recrutamento, o que eu chamaria de seleção, para usar um termo mais honroso e consagrado pelos antigos. Aqueles que escreveram sobre a guerra querem que se escolha os soldados em regiões temperadas, único meio, dizem eles, de se ter homens sábios e intrépidos porque, nas regiões quentes, os homens têm prudência sem coragem e, nas regiões frias, coragem sem prudência. Esse conselho seria interessante para um príncipe que fosse dono do mundo inteiro e assim poderia escolher seus soldados onde bem quisesse. Mas, como quero estabelecer aqui regras que sejam úteis a todos os governos, limito-me a dizer que cada Estado deve escolher suas tropas em seu próprio país, seja ele frio, quente ou temperado, pouco importa. Os antigos nos fornecem uma multidão de exemplos que atestam que com uma boa disciplina se tem bons soldados em qualquer região. A disciplina supre as deficiências da natureza e é mais forte que suas leis. Recrutar seus soldados fora de seu país não pode ser chamado de seleção. Essa palavra supõe que se possa escolher numa província os homens mais adaptados ao serviço, tanto aqueles que querem marchar como aqueles que não querem. Não podereis, portanto, fazer essa escolha senão nos lugares que vos pertencem; nas regiões que não vos pertencem, não podereis forçar ninguém e é preciso contentar-se com os voluntários.

Cosimo – Mas, dentre esses voluntários, pode-se escolher alguns e deixar os outros. Esse modo de recrutamento poderia ser chamado também de seleção.

Fabrizio – Tens razão num sentido, mas se prestares atenção a todos os vícios de semelhante modo de escolher, poderás notar que não subsiste aí realmente uma seleção. Em primeiro lugar, os estrangeiros que se alistam voluntariamente sob vossos estandartes, longe de serem os melhores, são, pelo contrário, os piores indivíduos do país. Se em algum lugar há homens desonrados, indolentes, sem religião e sem freio, rebeldes à autoridade paterna, libertinos, entregues desenfreadamente ao jogo e a todos os vícios, são aqueles que querem exercer a profissão das armas. E não há nada de mais contrário a verdadeiras e sábias instituições militares que semelhantes hábitos. Quantos homens desse tipo se apresentam em maior número do que se necessita; de fato é possível escolher, mas a base sendo má, a seleção não pode ser boa. Se, ao contrário, como ocorre frequentemente, não preenchem o número de que se tem necessidade, fica-se na obrigação de tomá-los todos. Em tal caso, não se trata mais de fazer uma seleção, mas de arregimentar soldados. Desses homens é que se compõem hoje os exércitos na Itália e em toda a parte, exceto na Alemanha, porque nos demais países não é a autoridade do soberano, mas somente a vontade do indivíduo que determina o recrutamento. Pergunto-vos, pois, se é num exército formado com esses meios que se pode introduzir a disciplina dos antigos!

Cosimo – Qual a iniciativa, então, a tomar?

Fabrizio – Já o disse. Escolhê-los, por meio da autoridade do soberano, entre os súditos do Estado.

Cosimo – E achas que seria fácil introduzir entre esses homens a disciplina dos antigos?

Fabrizio – Sem dúvida, se numa monarquia forem comandados pelo soberano ou mesmo por um simples senhor. Ou numa república, por um cidadão revestido do título de general. Caso contrário, é difícil fazer qualquer coisa que preste.

Cosimo – Por quê?

Fabrizio – Vou dizê-lo no momento oportuno. Por ora, basta isso.

Cosimo – Tendo em vista que é preciso fazer essa seleção no próprio país, achas que seja preferível escolher os soldados nas cidades ou nas zonas rurais?

Fabrizio – Todos aqueles que escreveram sobre a arte militar dão preferência aos homens dos campos porque são mais robustos, mais afeitos às fadigas, mais bem acostumados a viver ao ar livre, a suportar o ardor do sol, a trabalhar o ferro, a cavar um fosso e a carregar fardos e, finalmente, mais afastados de todo tipo de vício. Vou dizer qual é a minha opinião a respeito. Como há soldados a pé e a cavalo, gostaria que os primeiros fossem escolhidos nas zonas rurais e os segundos nas cidades.

Cosimo – Com que idade os recrutarias?

Fabrizio – Se tivesse que formar um exército completo, eu os escolheria desde os dezessete até os quarenta anos, mas aos dezessete somente quando, com um exército formado, tivesse de renová-lo.

Cosimo – Não entendo bem essa distinção.

Fabrizio – Vou explicar. Se tivesse de formar um exército num país em que não existisse um, seria obrigado a recrutar todos os homens em idade militar, isto é, em condições de receber as instruções de que brevemente vou falar. Mas, num país em que esse exército já estivesse formado, não poderia arregimentar para renová-lo senão homens de dezessete anos, porquanto os demais já teriam sido escolhidos e recrutados.

Cosimo – Vejo que organizarias uma milícia como a que foi arregimentada em nosso país.

Fabrizio – É verdade. Mas, eu haveria de armá-la, de exercitá-la, de nomear seus comandantes, enfim, de organizá-la de um modo que não existe provavelmente igual em vosso país.

Cosimo – Tu aprovas, portanto, nossa milícia?

Fabrizio – Por que haveria de criticá-la?

Cosimo – É que muitos homens esclarecidos a criticaram.

Fabrizio – Dizer que um homem esclarecido critica vossa milícia é dizer uma coisa contraditória. Um homem desses pode ser considerado esclarecido, mas é uma injustiça que se comete contra ele.

Cosimo – O pouco êxito que sempre teve nos deixou essa má impressão.

Fabrizio – Cuidado! Pode ser que não seja por sua culpa, mas pela vossa e espero poder comprová-lo antes do final deste colóquio.

Cosimo – Teria grande prazer. Antes, porém, gostaria de dizer-te do que é acusada, para que possas justificá-la de maneira mais completa. O que se diz é que ela não pode prestar serviço algum e, em decorrência, confiar nela é causar a ruína do Estado. Se, pelo contrário, está em condições de prestar bons serviços, nas mãos de um comandante capacitado, pode tornar-se um meio de tirania. Cita-se o exemplo dos romanos que perderam sua liberdade por meio de seus próprios exércitos. Menciona-se Veneza e o rei da França. A primeira, por não obedecer a um de seus cidadãos, utiliza tropas estrangeiras e o rei da França que desarmou seu povo para poder comandar sem resistência. Entretanto, é sua inutilidade que se teme mais e, nesse sentido, são apresentadas duas razões: sua inexperiência e a obrigação do serviço. Nunca, numa certa idade, alguém pode habituar-se aos exercícios militares e a obrigação jamais produziu bons soldados.

Fabrizio – Todos aqueles que apresentam tais motivos têm, a meu ver, vista curta. É fácil prová-lo. Diz-se que vossa milícia é inútil. Mas, eu sustento que não há exército em que mais se possa contar do que aquele do próprio país e que não há outro meio de organizá-lo, a não ser da maneira que propus. Como isso não se discute, seria inútil deter-se por mais tempo. Todos os fatos extraídos da história dos povos antigos demonstram essa verdade. Fala-se de inexperiência e de obrigação. Sem dúvida, a inexperiência confere pouca coragem e a obrigação produz descontentes. Mas, vou demonstrar que, se vossos soldados forem bem armados, bem exercitados e bem distribuídos, haverão de adquirir, aos poucos, experiência e coragem. Quanto à obrigação, é preciso que aqueles que vão para o exército por meio da autoridade do soberano não engrossem as fileiras por força, nem por efeito único de sua própria vontade. A liberdade total haveria de apresentar os inconvenientes de que já falei. Não haveria mais seleção e poderia acontecer que poucos homens se apresentassem. Um excesso de obrigação produziria efeitos negativos. Torna-se, pois, necessário tomar um meio termo, igualmente distante do excesso de obrigação e do excesso de liberdade. É preciso que o respeito que o soberano inspira determine o soldado e é preciso que ele receie mais seu ressentimento do que os inconvenientes da vida militar. Haveria nisso uma tal mistura de obrigação e de vontade que não haveria motivo para temer as consequências do descontentamento.

Não digo que esse exército não pudesse ser vencido. Os exércitos romanos, mesmo aquele de Aníbal, o foram. Por acaso, poder-se-ia organizar de tal modo um exército que pudesse ser preservado para sempre de uma derrota? Vossos homens ilustres não devem, portanto, afirmar que vossa milícia é inútil porque foi derrotada algumas vezes. Mas, podendo vencer, como pode ser vencida, devem procurar remediar as causas de sua derrota e haveriam de ver, após ter refletido, que é preciso acusar não a própria milícia, mas a imperfeição de sua organização e, como já o disse, em lugar de criticar a milícia, deveriam corrigir os defeitos da maneira como vou mostrar a seguir.

Quanto ao temor de ver semelhante instituição fornecer a um cidadão os meios para tolher a liberdade, respondo que as armas fornecidas pelas leis e pela constituição aos cidadãos e aos súditos jamais causaram perigos, mas, muitas vezes, os preveniram, e as repúblicas se conservam por mais tempo armadas do que sem armas. Roma viveu livre por quatrocentos anos e estava armada. Esparta, oitocentos anos. Outras repúblicas, privadas desse recurso, não puderam conservar sua liberdade por mais de quarenta anos. Armas são necessárias para uma república. Quando ela não possui armas próprias, aluga estrangeiras e são essas as mais perigosas para o bem público. São fáceis de corromper. Um cidadão poderoso pode se apoderar delas mais rapidamente e elas oferecem um campo mais livre para seus projetos, porquanto só teria de oprimir homens desarmados. Por outro lado, dois inimigos são mais temidos que um só e toda república que emprega tropas estrangeiras deve temer ao mesmo tempo o estrangeiro pago por ela e seus próprios cidadãos. Se quiserdes refletir sobre a realidade desses temores, basta relembrar o que eu disse sobre Francesco Sforza. Pelo contrário, aquela que só emprega suas próprias armas só tem a temer seus cidadãos. Sem acrescentar outros motivos, basta dizer que jamais alguém fundou uma república ou uma monarquia sem confiar a defesa do próprio país aos habitantes.

Se os venezianos se tivessem mostrado nesse ponto tão sábios como em suas outras instituições, teriam conquistado o império do mundo. São muito mais dignos de crítica do que seus primeiros legisladores que haviam confiado as armas a suas mãos. Não tendo de início nenhuma possessão no continente, dirigiram todas as suas forças para o mar, onde fizeram guerras com a maior bravura e incrementaram com suas próprias armas o império de sua pátria. Quando, obrigados a defender Vicenza, viram-se na contingência de combater em terra, em lugar de confiar o comando de suas tropas a um de seus concidadãos, contrataram a soldo o marquês de Mântua. Essa funesta resolução os deteve na metade de seu curso e os impediu de galgar o alto grau de poder ao qual poderiam aspirar. Pode ser que, então, sua habilidade sobre o mar lhes parecesse um obstáculo para seu sucesso na guerra em terra. Se esse foi o motivo de sua conduta, foi o efeito de uma desconfiança pouco sábia. Um general do mar, habituado a combater tanto os ventos como as ondas e os homens, tornar-se-ia muito mais facilmente um bom general em terra, onde somente os homens oferecem resistência, do que um general de terra poderia se tornar um general do mar. Os romanos aprenderam a combater tanto no mar quanto em terra e, quando teve lugar a primeira guerra contra os cartagineses, cujo poderio marítimo era tão temido, não contrataram a soldo os gregos, nem os espanhóis exercitados no mar, mas confiaram a defesa da república aos próprios cidadãos que enviavam para combater em terra e a eles venceram.

Se o motivo dos venezianos foi o de impedir que um de seus concidadãos atentasse contra a liberdade deles, esse temor era de todo infundado. Com efeito, sem repetir o que já disse a respeito, é evidente que, tendo em vista que jamais um de seus cidadãos, colocado no comando de suas forças marítimas, havia usurpado alguma cidade situada no meio do mar para exercer a tirania, esse perigo deveria ser muito menos temido da parte de seus generais em terra. Deveriam ter pensado que não são as armas colocadas nas mãos dos cidadãos que lhes inspiram planos de tirania, mas somente as más instituições e, bastante satisfeitos por possuírem um bom governo, nada deviam temer de suas armas. Foi, portanto, uma decisão funesta para sua glória e para sua verdadeira felicidade. Quanto ao outro exemplo que citaste, não há dúvida que foi um grande erro do rei da França o fato de não exercitar seu povo para a guerra. Não há ninguém que, colocando à parte qualquer preconceito, não reconheça que esse é um dos vícios dessa monarquia e uma das principais causas de sua fraqueza.

Ao me deixar levar por um discurso demasiado longo, pode ser que me tenha afastado do assunto. Mas gostaria de responder a tuas observações e provar que um Estado não pode basear sua segurança a não ser em seus próprios exércitos; esses exércitos só podem ser bem organizados mediante a formação de milícias, que, enfim, só existe esse meio para estabelecer um exército num país e formá-lo na disciplina militar. Se tiveres refletido com atenção sobre as instituições dos primeiros reis de Roma, sobretudo de Servius Tullius, poderás observar que a instituição de classes não era senão uma milícia que fornecia os meios de organizar num instante um exército para defender o Estado.

Mas, para voltar à nossa seleção, repito que se tivesse de recrutar um antigo exército, só escolheria soldados de dezessete anos, mas que, se fosse obrigado a criar um novo, eu os escolheria de todas as idades, desde os dezessete até os quarenta anos, a fim de poder servir-me dele de imediato.

Cosimo – A diferença de suas antigas profissões haveria de influenciar a escolha de teus recrutas?

Fabrizio – Os autores de que já falei admitem distinções. Não querem caçadores de pássaros, nem pescadores, cozinheiros, nem aqueles que se dedicam a profissões infames, nem, em geral, homem algum que se dedica a artes de luxo. Além de agricultores, pedem ferreiros, ferradores, carpinteiros, açougueiros, caçadores e outros de profissões similares. De minha parte, não me deixaria levar a julgar a utilidade de um homem segundo sua profissão, mas me limitaria a examinar os serviços que poderia prestar pessoalmente. Por esse motivo é que os camponeses, habituados a trabalhar a terra, são mais úteis que todos. Não há profissão da qual se possa extrair melhores elementos para o exército. Seria muito útil ter um grande número de ferreiros, de carpinteiros, de ferradores e de cortadores de pedra. Temos necessidade de suas profissões em muitas circunstâncias e nada há de mais vantajoso que ter soldados de quem se pode obter duplo serviço.

Cosimo – Como distinguir os homens que são aptos ao serviço militar?

Fabrizio – Aqui vou falar somente a maneira de escolher uma nova milícia para com ela formar a seguir um exército, mas ao mesmo tempo, vou entreter-vos com a maneira de fazer a seleção para a renovação de uma milícia antiga. Costuma-se julgar a capacidade de um soldado pela experiência, se já serviu às armas, ou por conjectura. Não se pode avaliar o mérito de jovens que jamais carregaram armas. E quase todas as milícias recém-criadas estão nesse caso. Na falta de experiência, é preciso recorrer às conjecturas, baseadas na idade, na profissão e no porte físico.

Falamos das duas primeiras qualidades. Falta examinar a terceira. Certos militares famosos, dentre eles, Pirro, querem que o soldado seja de estatura elevada. A agilidade do corpo é o bastante para outros e essa era a opinião de César. Essa agilidade é julgada pela compleição e pela boa aparência do soldado. Olhos vivos e animados, pescoço rijo, peito largo, músculos dos braços bem demarcados, dedos compridos, pouca barriga, flancos arredondados, pernas e pés secos; essas são as qualidades requeridas por esses autores. São próprias para tornar o soldado ágil e vigoroso, e esse é o principal objetivo a perseguir. Acima de tudo, porém, deve-se prestar a maior atenção aos hábitos do soldado. É preciso que tenha honestidade e vergonha, caso contrário, torna-se um instrumento de desordens e um princípio de corrupção. De fato, jamais se pode esperar algo de honesto, nunca se pode esperar virtude de um homem privado de qualquer educação e embrutecido pelo vício.

Para melhor ressaltar a importância dessa seleção, acredito que seja necessário explicar primeiramente de que maneira os cônsules romanos, ao assumir o cargo, procediam na formação das legiões romanas. As contínuas guerras de Roma faziam com que essas legiões estivessem sempre compostas de soldados antigos e novos, o que fornecia aos cônsules os dois meios de que falamos: a experiência na escolha dos soldados antigos e as conjecturas na escolha dos novos. É preciso observar aqui que essa escolha era feita para empregá-los de imediato ou para exercitá-los e mantê-los prontos para deles servir-se no momento oportuno. Não falei e não vou falar senão dessas últimas. Meu objetivo primordial é mostrar como se pode formar um exército num lugar em que não há milícia e, em decorrência, não há exército para colocar imediatamente em campo de batalha, pois nos países em que há o costume de formar exércitos sob a autoridade do soberano, as novas levas podem ser enviadas de imediato para a guerra, como se fazia em Roma e como se faz ainda hoje na Suíça. Se nessas levas houver muitos soldados novos, há também uma multidão de outros treinados nos exercícios militares e, misturados todos, forma uma excelente tropa.

Foi somente na época em que os imperadores começaram a manter constantemente os exércitos nos acampamentos que foram contratados, como se pode ler na vida de Máximo, mestres de exercícios para os jovens soldados que eram chamados Tirones. Enquanto Roma esteve livre, não era nos acampamentos, mas dentro da cidade que esses exercícios eram feitos. Os jovens que já haviam treinado por longo tempo, já habituados a todas as demonstrações de uma guerra simulada, não estavam com medo da guerra real, quando era necessário abandonar seus lares. Uma vez abolidos esses exercícios, os imperadores foram obrigados a substituí-los pelos meios de que já falei. Chego finalmente ao modo de recrutar dos romanos.

Quando os cônsules encarregados de todas as operações militares assumiam suas funções, seu primeiro cuidado era o de criar seus exércitos. A cada um deles eram concedidas duas legiões de cidadãos romanos que formavam uma verdadeira força. Para formar essas legiões, nomeavam vinte e quatro tribunos militares, seis para cada legião. Esses preenchiam aproximadamente as funções de nossos comandantes de batalhão. A seguir, eles reuniam todos os cidadãos romanos em condições de portar armas e separavam os tribunos de cada legião. Em seguida, lançavam às sortes para escolher a tribo pela qual haveriam de começar a seleção. Nessa tribo, escolhiam os quatro melhores soldados. Desses quatro soldados, um era escolhido pelos tribunos da primeira legião, outro pelos tribunos da segunda legião, outro pelos tribunos da terceira legião e o último ia para a quarta legião. Os cônsules escolhiam, a seguir, quatro outros soldados. Desses quatro, um era escolhido pelos tribunos da segunda legião, outro era escolhido pelos tribunos da terceira legião, outro pelos tribunos da quarta legião e o último ia para a primeira legião. Os cônsules escolhiam mais quatro soldados. A escolha tocava, então, aos tribunos da terceira legião e essa ordem era seguida sucessivamente até o término da escolha, quando as legiões deviam estar completas. Essas levas de soldados, como já o disse, podiam ser utilizadas de imediato, porquanto estavam compostas, em grande parte, de homens acostumados à guerra real e também porque todos haviam sido exercitados na guerra simulada. Essa seleção podia, portanto, ser feita por experiência e por conjectura. Mas, quando se deve organizar uma nova milícia para empregá-la, somente no futuro, só se pode escolher de acordo com conjecturas sobre a idade e o porte físico dos cidadãos.

Cosimo – Reconheço a verdade de todas as tuas proposições, mas, antes de seguir adiante, gostaria de colocar uma questão sobre a qual me fizeste pensar quando disseste que tua seleção, não podendo recair sobre homens já exercitados no serviço militar, deveria ocorrer somente por conjectura. Uma das principais críticas que ouvi contra nossa milícia é o fato de ser demasiado numerosa. Insinua-se que seria necessário formar um corpo menos numeroso, que seria mais aguerrido e mais bem selecionado. Além disso, menos cidadãos seriam fatigados e se poderia pagar um modesto soldo que os satisfaria e asseguraria sua obediência. Gostaria de ouvir tua opinião a respeito e saber se preferes o maior número ao menor e qual a modalidade de escolha que adotarias num e noutro caso.

Fabrizio – O grande número é, sem dúvida, mais seguro e mais útil que o pequeno. Melhor dizendo, é impossível formar em qualquer lugar uma boa milícia, se não for muito numerosa. Seria fácil refutar qualquer coisa que se alegue contra essa opinião. O pequeno número, tomado diante de uma grande multidão, como na Toscana, não faz absolutamente nada, mesmo que sejam soldados mais seguros e mais bem escolhidos. Se na escolha quisesses seguir o quesito experiência, haveria, em primeiro lugar, muito poucos em quem ela aplicar-se-ia para poder julgar. De fato, muito poucos teriam ido à guerra e, desses, muito poucos se teriam comportado de maneira a merecer a preferência sobre todos os demais. Em tal país é preciso, pois, abandonar a experiência e limitar-se às conjecturas. Reduzido a esses meios, gostaria de saber, quando me chegassem vinte jovens de boa aparência, com que base posso tomar uns e descartar outros. Como não posso saber qual deles é melhor, há que concordar, espero, que estaria menos sujeito a me enganar se os tomasse todos para armá-los e treiná-los, reservando-me um tempo posterior para proceder a uma escolha mais segura, quando, após tê-los feito praticar e exercitar-se por longo tempo, eu teria melhor conhecimento sobre aqueles que têm mais vivacidade e coragem. É um grande erro, portanto, escolher, primeiramente, um pequeno número para sentir-se mais seguro.

Com relação à crítica de fatigar o país e os cidadãos, afirmo que a milícia, por quanto imperfeito que seja sua organização, não traz cansaço algum aos cidadãos, pois não os tira de seu trabalho, nem os afasta de qualquer modo de seus negócios e só os obriga a reunir-se nos dias de festa para os exercícios. Esse costume não pode ser prejudicial ao país nem a seus habitantes. Seria até muito útil para os jovens. Em vez de passar os dias de festa em tabernas numa ociosidade vergonhosa, teriam oportunidade de se divertir com esses exercícios militares que formam um belo espetáculo, sempre agradável à juventude.

Falta falar da proposição de pagar uma milícia pouco numerosa e, desse modo, assegurar sua boa vontade e sua pronta obediência. A esse respeito, acredito que não poderéis reduzir de tal maneira o número de vossa milícia, a fim de estar sempre em condições de lhe assegurar vencimentos que a satisfaçam. Se quiserdes formar uma milícia de cinco mil homens e lhe conceder vencimentos satisfatórios, não poderíeis sustentá-la mensalmente com menos de dez mil ducados. Em primeiro lugar, permito-me observar que esse número não é suficiente para formar um exército e que não há Estado que possa suportar semelhante despesa. Por outro lado, esse dinheiro não poderia satisfazer vossa milícia e obrigá-la a manter-se alerta o tempo todo. O resultado disso seria um acréscimo de despesas, sem qualquer acréscimo de forças, e não teríeis conseguido montar nenhum novo meio de defesa ou levar adiante qualquer empreendimento considerável. Se aumentada a despesa ou a milícia, na mesma proporção se aumentaria a dificuldade de pagamento. Se diminuídas uma e outra, na mesma proporção, aumentar-se-ia o número de descontentes ou vossa impotência. Querer, portanto, montar uma milícia paga o tempo todo é apresentar uma proposta inútil ou impossível. Não resta dúvida que é preciso pagar a milícia, mas quando é enviada para a guerra. Finalmente, mesmo que semelhante instituição se tornasse por vezes um incômodo em tempos de paz para seus conscritos, o que não acredito, o Estado seria amplamente recompensado por todas as vantagens que dela auferiria, pois sem essa milícia não teria segurança alguma.

Concluo dizendo que querer essa milícia pouco numerosa para poder pagá-la ou por qualquer outro dos motivos de que me falastes é um erro funesto. O que confirma mais ainda minha opinião é que a cada dia vossa milícia haverá de diminuir por causa de grande número de impedimentos que sobrevirá a vossos soldados. E a havereis de vê-la reduzir-se a quase nada. Por fim, dispondo de uma milícia numerosa, podereis, de acordo com a necessidade, aumentar ou diminuir vosso exército ativo. Por outro lado, deverá servir-vos tanto por sua força real quanto pela reputação que lhe confere sua força. Ora, o número contribui, com certeza, para essa reputação. Acrescento, ainda, que, sendo o objetivo da milícia manter os cidadãos treinados, se for composta de pequeno número num país extenso, seus membros estarão tão distantes do local de exercitação que não haverá como reuni-los sem lhes causar verdadeiros danos. Se, em vista disso, renunciar-se aos exercícios, vossa milícia tornar-se-á de todo inútil, como vou provar.

Cosimo – Estou plenamente satisfeito pela maneira com que respondeste à minha pergunta, mas fico com outra dúvida que gostaria que a esclarecesses. Os detratores da milícia insinuam que essa multidão de homens armados não é para um país senão uma fonte de agitação e desordens.

Fabrizio – Vou provar que essa opinião também não passa de um erro. Esses cidadãos armados só podem provocar desordens de duas maneiras: atacando-se mutuamente ou atacando o restante dos cidadãos. Mas, é fácil evitar esse perigo quando a própria instituição não for o primeiro remédio. Com relação ao temor de vê-los atacar-se mutuamente, sustento que, ao conceder-lhes armas e estabelecer comandantes, extinguem-se os motins e de modo algum são fomentados. De fato, se o país em que se pretende estabelecer a milícia é tão pouco afeito à guerra que ninguém porta armas e de tal modo unido que não tem chefe nem facção, essa instituição o tornará aguerrido e mais temido por seus vizinhos sem causar nele maiores desordens. Isso porque boas leis inspiram o respeito da ordem aos homens armados, bem como aos que não o são. Ora, esse respeito não pode ser alterado se os comandantes não forem a causa primeira. E vou dizer quais meios é preciso tomar para evitar esse perigo. Se o país, pelo contrário, é aguerrido e dilacerado por facções, somente essa instituição pode fazer retornar a tranquilidade. As armas e os comandantes só existiam contra os cidadãos. Aquelas eram inúteis contra o inimigo estrangeiro e estes só serviam para alimentar a desordem. Por meio de nossa instituição, as armas se tornam úteis e os comandantes reconduzem à ordem. Se algum cidadão era vítima de alguma injúria, recorria a seu comandante de facção que, para manter seu crédito, o exortava não à paz, mas à vingança. Os comandantes que criamos seguem uma conduta totalmente oposta. Sufocamos todo vestígio de divisão e preparamos os meios para a concórdia. Assim, os países em que os habitantes estavam unidos, mas sem vigor, perdem sua indolência e se mantêm em paz. Pelo contrário, os Estados em que reinavam a confusão e a desordem veem seus cidadãos se reunir e fazer voltar-se para o benefício comum essa violência de hábitos que até então só havia gerado agitação.

Falastes ainda de outro perigo, ou seja, que os cidadãos armados não procuram oprimir aqueles que não o são. Esse dano só pode ocorrer pela vontade dos chefes que o governam. Para preveni-lo, é preciso impedir que esses comandantes conquistem demasiada autoridade sobre suas tropas. Essa autoridade se conquista naturalmente ou mesmo por acaso. No tocante ao primeiro caso, é preciso estabelecer que jamais um cidadão deverá comandar os conscritos da província em que nasceu. Com relação ao segundo, é preciso que vossa instituição seja organizada de tal modo que todos os anos os comandantes passem de um comando a outro. Uma autoridade prolongada sobre os mesmos homens faz surgir entre eles e seus comandantes uma união íntima que só pode ser prejudicial aos interesses do soberano. Se lembrarmos a história dos assírios e dos romanos, poderemos ver como essas trocas são úteis aos Estados que as adotaram e funestas aos que as negligenciaram. O primeiro desses impérios subsistiu mil anos sem rebeliões e sem guerra civil, e essa ventura se deve exatamente às mudanças constantes, pelas quais cada ano enviavam de uma província a outra os generais dos exércitos. Por outro lado, o funesto costume de manter sempre sob o mesmo comando os exércitos romanos e seus comandantes foi a causa única, depois da extinção da família de César, de tantas guerras civis, de tantas conspirações tramadas contra os imperadores pelos generais romanos. Se alguns desses primeiros imperadores ou daqueles que os sucederam com tanta glória, tais como Adriano, Marco Aurélio, Severo e outros tivessem tido previsão suficiente para estabelecer essas trocas no império, eles o teriam fortalecido e teriam prolongado sua duração. Os generais teriam tido menos ocasiões de revolta e os imperadores, menos motivos de desconfiança. Com a morte desses, o Senado teria tido maior influência na eleição do sucessor e a eleição teria sido melhor. Mas nem os bons nem os maus exemplos podem destruir os perniciosos hábitos que a ignorância ou o pouco cuidado introduziram entre os homens.

Cosimo – Parece-me que com todas minhas perguntas fiz com que fugisses de teu assunto. Deixamos de lado a maneira de proceder à seleção para examinar outras questões. Se já não tivesse pedido desculpas, eu mereceria alguma repreensão.

Fabrizio – Em absoluto. Toda essa discussão era necessária. Porquanto, meu plano era tratar das vantagens da milícia, que muitos contestam. Eu devia começar refutando todas as suas objeções, pois a milícia deve ser a base de nosso recrutamento, dito de outra forma, de nossa seleção. Mas, antes de tratar de outras partes, quero falar da seleção dos cavaleiros. Os antigos os recrutavam entre os mais ricos, observando, ao mesmo tempo, a idade e a qualidade. Cada legião contava com trezentos deles, de modo que, em cada exército consular, a cavalaria romana não passava dos seiscentos homens.

Cosimo – Tu montarias uma milícia de cavaleiros, treinada durante períodos de paz e destinada a servir durante a guerra?

Fabrizio – Certamente que sim, se o Estado quer possuir somente soldados que lhe pertencem e não homens que fazem da guerra sua única profissão.

Cosimo – E como os haverias de escolher?

Fabrizio – Imitaria os romanos e os recrutaria entre os ricos, dando-lhes comandantes como se faz hoje e tendo o cuidado de armá-los e de treiná-los.

Cosimo – Achas que seria útil pagar-lhes um soldo?

Fabrizio – Sim, mas somente a quantia necessária a cada um para alimentar seu cavalo, porque não se pode fazer com que os cidadãos se queixem de acréscimo de impostos. Deve-se pagar, portanto, somente o cavalo e seu sustento.

Cosimo – Até quantos recrutarias e que armas lhes darias?

Fabrizio – Estás passando para outra questão. Eu responderei no momento oportuno. Antes disso, devo explicar como se deve armar a infantaria e treiná-la para o combate.

Livro II

Fabrizio – Quando os soldados forem recrutados, acredito que seja necessário armá-los. Para tanto, devemos examinar as armas que os antigos empregavam e, dentre elas, escolher as melhores. Os romanos dividiam sua infantaria em soldados pesadamente armados e em soldados levemente armados, chamados *vélites*. Sob esse designativo, eram compreendidos os fundeiros, os arqueiros e os lançadores de dardos. A maioria desses *vélites* tinha a cabeça coberta e o braço armado de pequeno escudo redondo e essas eram todas as suas armas defensivas. Combatiam fora das fileiras e a alguma distância dos soldados pesadamente armados. Esses usavam um capacete que descia até os ombros, uma couraça, cujas laterais alcançavam os joelhos, braçadeiras e perneiras que cobriam os braços e as pernas e, no braço, um escudo de duas braças (uma braça correspondia a aproximadamente 60 cm) de comprimento e uma de largura. Esse escudo estava recoberto de um círculo de ferro para poder resistir aos golpes e reforçado por outro círculo do mesmo metal para impedir que se desgastasse ao arrastá-lo pelo chão. Suas armas ofensivas eram uma espada pendendo do lado esquerdo, de uma braça e meia de comprimento, um estilete do lado direito e, finalmente, um dardo na mão que era chamado *pilum* e que arremessavam contra o inimigo no início do combate. Essas eram as armas com as quais os romanos conquistaram o mundo inteiro.

Sei que alguns escritores antigos colocam nas mãos do soldado romano, além das armas mencionadas, uma lança em forma de venábulo, mas não posso imaginar como uma lança pesada pode ser manejada por um homem que já segura seu escudo, porque não se pode manejá-lo com as duas mãos com o escudo e o peso da lança não permite seu manejo com uma só mão. Além do mais, essa arma não tem serventia alguma nas fileiras, porquanto só é possível empregá-la na primeira linha, onde se tem a facilidade de estendê-la por completo, o que não pode ser feito nas fileiras. É preciso que um batalhão, como o formarei tratando das evoluções militares, tenha sempre a cerrar suas fileiras, prática que, apesar de alguns inconvenientes, apresenta, contudo menos perigo do que deixar muito espaço entre elas. Assim, todas as armas mais longas que duas braças se tornam inúteis no agrupamento. De fato, se armado de uma lança e querendo manejá-lo com as duas mãos, supondo não estar impedido pelo escudo, para que serve essa lança quando o inimigo está em cima? Se, pelo contrário, empunhada com uma mão só para poder utilizar o escudo, só se pode agarrá-la pelo meio da haste, e então, a parte da lança que está atrás é tão longa que tira da fileira de trás toda a possibilidade de manobrá-la com vantagem. Para vos persuadir que os romanos não utilizavam esse tipo de lança ou pelo menos que delas faziam uso só eventualmente, basta prestar atenção a todos os relatos de batalhas em Tito Lívio. Ele quase nunca fala dessas lanças e sempre diz que, após terem arremessado seus dardos, os soldados empunhavam a espada. Deixo de lado, portanto, a lança e fico com a espada, com relação às armas ofensivas dos romanos e ao escudo e às outras armas de que falei em relação a suas armas defensivas.

As armas defensivas dos gregos não eram tão pesadas como as dos romanos. Como armas ofensivas, confiavam mais na lança que na espada, sobretudo os macedônios que empunhavam lanças de dez braças de comprimento, chamadas *sarisses*, com as quais abriam as fileiras inimigas e mantinham cerradas as fileiras de sua falange. Alguns autores afirmam que usavam também o escudo, mas não posso imaginar, depois dos motivos que acabei de apresentar, como poderiam servir-se ao mesmo tempo dessas duas armas. Além do mais, não me recordo se, no relato da batalha de Paulo Emílio contra Perseu, são mencionados os escudos. Só se fala das *sarisses* e dos terríveis obstáculos que criaram para os romanos. Imagino que a falange macedônia era mais ou menos como ocorre hoje com um batalhão de suíços, cuja força total se concentra em seus lanceiros.

A infantaria romana marchava ornada de penachos, o que lhe conferia um aspecto mais imponente e mais terrível ao mesmo tempo. Nos primeiros tempos de Roma, a cavalaria usava um escudo e um capacete, deixando o resto do corpo sem defesa. Como armas ofensivas, carregava uma espada e uma lança longa e fina, com uma ponta de ferro numa das extremidades. Essa lança impedia de manter firme o escudo, partia-se durante a ação e deixava o cavaleiro desarmado e exposto a todos os golpes. Mas, essa cavalaria logo passou a usar as armas da infantaria, com essa diferença: seu escudo era quadrado e menor e sua lança era mais sólida e armada de pontas de ferro nas duas extremidades. Com isso, quando se partia, o pedaço que ficava nas mãos do cavaleiro poderia lhe ser útil ainda. Foi com essas armas que os romanos conquistaram o mundo e pode-se julgar sua superioridade pelo sucesso que elas lhes proporcionaram. Tito Lívio as menciona frequentes vezes em sua história e, quando compara os dois exércitos inimigos, sempre termina assim o paralelo: "Mas, os romanos venciam por sua força, pelo tipo de armas e por sua disciplina." Por essa razão é que me detive mais nas armas dos vencedores do que naquelas dos vencidos.

Agora tenho de falar das nossas. A infantaria tem como armas defensivas uma couraça de ferro e, como armas ofensivas, uma lança de nove braças de comprimento, chamada pique, e uma espada, cuja extremidade é mais redonda que pontuda. Essas são as armas usuais da infantaria de hoje. Pequeno número tem as costas e os braços cobertos, mas nenhum a cabeça. Aqueles que se apresentam armados desse modo carregam, em lugar da lança, uma alabarda que, como sabeis, tem a haste de três braças de comprimento e o ferro em forma de machadinha. Entre eles, são colocados fuzileiros que, com seu fogo, substituem o efeito das fundas e das bestas dos antigos.

Foram os alemães e, sobretudo, os suíços os primeiros a armarem dessa maneira seus soldados. Esses, pobres e ciosos de sua liberdade, eram e ainda são continuamente obrigados a resistir à ambição dos príncipes alemães que poderiam facilmente manter uma numerosa cavalaria. Mas, a pobreza não permitia aos suíços usar esse meio de defesa e, obrigados a combater a pé contra inimigos a cavalo, tiveram de recorrer ao sistema militar dos antigos que pode sozinho, segundo opinião de todos os homens esclarecidos, assegurar as vantagens da infantaria. Procuraram armas capazes de defendê-los contra a impetuosidade da cavalaria e se armaram com o pique

que, sozinho e com sucesso, pode não somente sustentar o esforço da cavalaria, mas também colocá-la em fuga. A superioridade dessas armas e dessa disciplina conferiu aos alemães tanta segurança que quinze ou vinte mil homens dessa nação não temiam atacar a mais numerosa das cavalarias. Prova disso tem-se tido frequentes vezes de vinte e cinco anos para cá. Todas as vantagens, enfim, que deviam a essas instituições, manifestaram-se com exemplos tão patentes que, desde a invasão da Itália por parte de Carlos VIII, todas as nações se apressaram em imitá-los e os exércitos espanhóis conquistaram enorme reputação por esse meio.

Cosimo – Com relação a isso, preferes os alemães ou os romanos?

Fabrizio – Os romanos, sem dúvida alguma. Mas, vou descrever as vantagens e os inconvenientes dos dois sistemas. A infantaria alemã pode deter e vencer a cavalaria. Não estando carregada de armas, é mais ágil em marcha e entra em formação mais prontamente nas batalhas. Por outro lado, porém, sem armas defensivas, fica exposta de longe e de perto a todos os golpes. Ela se torna inútil na guerra de assédio e em todos os combates em que o inimigo está determinado a se defender a qualquer custo. Os romanos sabiam tão bem quanto os alemães deter e rechaçar a cavalaria. Totalmente cobertos de armas, de longe e de perto, estavam ao abrigo dos golpes. Seu escudo tornava seu choque mais rude e os colocava em condições de deter mais facilmente o choque do inimigo. Em pleno embate, podiam servir-se com mais êxito de sua espada do que os alemães de seu pique. Se esses, por acaso, estão armados de espada, sem escudo, ela se torna praticamente inútil. Os romanos, com o corpo coberto e podendo colocar-se ao abrigo sob seu escudo, atacavam uma fortaleza sem muitos perigos. O único inconveniente de suas armas era o peso e o cansaço de carregá-las. Mas, eles pouco o sentiam, já insensíveis a todos os males, acostumados desde cedo aos trabalhos mais rudes. E o costume torna tudo suportável.

Não esqueças, por outro lado, que a infantaria pode ter de enfrentar em combate a infantaria e a cavalaria e que se torna inútil não somente se não pode deter a cavalaria, mas se, mesmo que tenha condições de resistir a essa, é inferior a outra infantaria mais bem armada e mais disciplinada. Agora, comparando os alemães e os romanos, deve-se reconhecer que os primeiros têm, como já foi dito, os meios de rechaçar a cavalaria, mas perdem toda sua vantagem se tiverem de combater uma infantaria disciplinada como a deles mesmos e armada como os romanos. Haveria, então, essa diferença entre uns e outros, isto é, os romanos poderiam vencer tanto a infantaria como a cavalaria, mas os alemães, somente a cavalaria.

Cosimo – Para fundamentar tua opinião, gostaria que nos citasses alguns exemplos típicos que nos levassem a captar melhor a verdade.

Fabrizio – Pode-se observar muitas vezes na história da infantaria romana a vitória de uma cavalaria inumerável e jamais a deficiência de suas armas ou a superioridade das que o inimigo expôs a ser batida pelas tropas a pé. Com efeito, se suas armas fossem imperfeitas, teria resultado que, encontrando um inimigo superior sob esse aspecto, teriam sido detidos em suas conquistas ou teriam abandonado seu sistema militar para adotar aquele de seus inimigos. Ora, como nada disso aconteceu, deve-se pressupor que nisso eles levavam vantagem sobre todos os povos.

Não foi assim com a infantaria alemã. Sempre foi batida todas as vezes que teve de combater tropas a pé que tinham a mesma disciplina e igual coragem. Suas derrotas só aconteciam pela inferioridade de suas armas. Filippo Visconti, duque de Milão, estando para ser atacado por dezoito mil suíços, mandou contra eles seu capitão, o conde Carmagnola. Esse marchou contra eles com seis mil cavalos e alguns soldados de infantaria. Entrando em combate, foi batido com grandes perdas. Carmagnola percebeu, como comandante hábil que era, a superioridade das armas inimigas, sua vantagem sobre a cavalaria e a desigualdade de suas forças contra semelhante infantaria. Tendo reunido suas tropas, marchou novamente contra os suíços, mas ao se aproximar deles, mandou descer dos cavalos seus cavaleiros e entrou em combate. Todos os suíços pereceram, exceto três mil que, vendo-se indefesos e prestes a serem massacrados, baixaram as armas e se renderam.

Cosimo – Qual a causa dessa prodigiosa desvantagem?

Fabrizio – Já o disse, mas como não a captaste muito bem, vou explicar. A infantaria alemã, como acabei de provar, praticamente não tem armas para se defender e como armas ofensivas só tem a lança e a espada. Com essas armas e na formação habitual de combate é que ela se lança contra o inimigo. Mas, se essa está coberta de armas defensivas, como os guerreiros que Carmagnola mandou apear dos cavalos, precipita-se de espada em punho sobre as fileiras dessa infantaria e basta que se aproxime ao alcance da espada para se bater sem perigo algum. O comprimento do pique impede aos alemães de servir-se dele contra o inimigo que o acossa e é obrigado a empunhar a espada, mas essa se torna inútil sem armas defensivas contra um inimigo todo bardado de ferro. Comparando as vantagens e os inconvenientes dos dois sistemas, poder-se-á ver que o soldado sem armas defensivas está perdido e sem recursos, enquanto que o outro só tem de sustentar o primeiro choque e aparar o choque da primeira ponta dos piques, o que não é difícil com as armas de que dispõe, porque os batalhões seguindo em frente (havereis de captar com maior clareza isso quando explicar como disponho sua formação em batalha), chegam até o peito do inimigo. Então, se alguns das primeiras fileiras forem mortos ou derrubados pelos piques, os restantes são suficientes para vencer. Foi assim que Carmagnola perpetrou essa grande chacina dos suíços, perdendo tão poucos dos seus.

Cosimo – Deve-se considerar que as tropas de Carmagnola eram compostas de combatentes que, embora a pé, estavam todos cobertos de ferro, o que lhes propiciou a vitória. Sou levado a crer, portanto, que, para obter os mesmos êxitos, seria necessário armar desse modo tua infantaria.

Fabrizio – Não vais conservar por muito tempo essa opinião, se te lembrares do que eu disse sobre as armas dos romanos. Um soldado de infantaria que tem a cabeça coberta de ferro, o peito defendido por sua couraça e seu escudo, pernas e braços igualmente cobertos, está bem mais preparado para se defender contra as lanças e entrar em suas fileiras que um soldado qualquer a pé. Quero ainda citar um exemplo moderno. Diferentes destacamentos espanhóis de infantaria haviam desembarcado na Sicília, no reino de Nápoles, para libertar González, cercado pelos franceses em Barletta. O senhor feudal de Aubigny marchou contra eles com seus guerreiros e aproximadamente quatro mil soldados de infantaria alemães. Os alemães entraram no embate e, com suas lanças abaixadas, abriram brechas nas fileiras espanholas. Estes, porém, cheios de agilidade e defendidos somente por seus pequenos escudos, precipitaram-se sobre as fileiras alemãs para combater à ponta de espada. Depois de ter feito grande chacina, conquistaram uma vitória completa. Todos sabem quantos alemães pereceram na batalha de Ravenna e isso ocorreu pelo mesmo motivo. A infantaria espanhola se precipitou desde o começo da ação sobre a infantaria alemã e a teria esmagado quase totalmente, se esta não tivesse sido socorrida pela cavalaria francesa, o que não impediu que os espanhóis batessem em honrosa retirada sem deixar suas fileiras destroçadas. Concluo que uma boa infantaria deve rechaçar de igual modo as tropas a pé como aquelas a cavalo. São tão somente as armas e a disciplina que podem, com já o disse, assegurar-lhe essa vantagem.

Cosimo – Quais as armas que fornecerias a tua infantaria?

Fabrizio – Tomaria as armas romanas e alemãs. Gostaria que a metade estivesse armada como os romanos e a outra metade como os alemães. Gostaria que, em seis mil homens de infantaria, três mil estivessem armados de escudos como os romanos, dois mil de lanças e mil de fuzis como os alemães. Colocaria os lanceiros na frente dos batalhões ou no lado em que teria de temer o choque da cavalaria e utilizaria soldados armados de espadas e escudos para dar apoio aos lanceiros e garantir a vitória, como vou explicar logo mais. Acredito que uma infantaria assim disposta levaria hoje certa vantagem sobre todas as demais.

Cosimo – No tocante à infantaria, acredito que seja o bastante. Quanto à cavalaria, gostaria de saber se preferes nossa maneira de armá-la ou aquela dos antigos.

Fabrizio – As selas com arção e estribos, desconhecidos pelos antigos, hoje conferem aos cavaleiros uma postura a cavalo bem mais firme do que outrora. Acho até que as armas são melhores e acredito também que o choque de um pesado esquadrão de combatentes é bem mais difícil de deter do que o era aquele da antiga cavalaria. Apesar de tudo isso, parece-me que não se deve levar mais em conta esse armamento do que era feito outrora. Os exemplos que mencionei provam que, mesmo em nossa época, sofreu reveses vergonhosos e será sempre assim todas as vezes que atacar uma infantaria armada e ordenada como expliquei acima. Tigran, rei da Armênia, pôs em marcha contra o exército de Lucullus cento e cinquenta mil cavaleiros, grande parte dos quais, chamados *catafrattes*, estavam armados como nossos combatentes. Lucullus tinha no máximo seis mil cavaleiros com vinte e cinco mil soldados de infantaria. Tigran, ao ver esse reduzido número, disse: "Aí vêm cavalos suficientes para uma embaixada." Mas, quando entraram no embate, ele foi desbaratado.

O historiador que nos transmite os detalhes desse combate condena esses *catafrattes*: "Não tinham utilidade alguma e, tendo o rosto coberto, não podiam ver nem atacar o inimigo. Se viessem a cair, o peso de seus armamentos impedia-os de se levantar e estavam sem condições de se defender."

Afirmo, portanto, que a preferência que os povos ou os reis dão a sua cavalaria em detrimento da infantaria é uma prova de sua fraqueza e os expõe a todo tipo de fracassos. A Itália, nesses últimos tempos, deu a prova disso. Ela só foi pilhada, arruinada e saqueada pelos estrangeiros porque não teve nenhuma consideração por suas milícias a pé e depositou toda a sua confiança em suas tropas a cavalo. Sem dúvida, é preciso ter cavalaria, não como a base, mas como força secundária do exército. É muito útil, até mesmo necessária para espionar, correr e devastar o país inimigo, inquietar e atormentar o inimigo, mantê-lo sempre sob as armas e lhe interceptar os víveres. Mas, nas batalhas e na guerra em campo aberto (objetivo importante da guerra e finalidade principal dos exércitos), não chega a prestar verdadeiros serviços. Só é útil para perseguir o inimigo quando posto em fuga e não deve de modo algum ameaçar a importância da infantaria.

Cosimo – Peço que me esclareças algumas dúvidas. Como foi que aconteceu aos partas, que só guerreavam a cavalo, para terem dividido o império do mundo com os romanos? Como a infantaria pode resistir à cavalaria? Por fim, de onde provém a fraqueza desta e a força daquela?

Fabrizio – Já disse, ou pelo menos era minha intenção, que meu sistema de guerra não ultrapassava os limites da Europa. Assim, poderia evitar de falar o que se passava na Ásia. Mas, tenho de salientar que o exército dos partas era totalmente diferente daquele dos romanos. Aqueles eram todos montados em seus cavalos, avançavam desordenadamente contra o inimigo e nada era mais variado e incerto que seu modo de combater. Os romanos, pelo contrário, combatiam quase todos a pé e marchavam sobre o inimigo cerrando fileiras. Ambos os povos venceram, um em local de combate mais fechado e outro em campo mais aberto. No primeiro caso, os romanos eram vencedores. No segundo caso, os partas, cujo exército levava grandes vantagens no país que tinha de defender. Eram vastas planícies distando mais de mil milhas do mar, cortadas por rios separados um do outro por mais de três ou quatro jornadas de marcha, enfim, apresentando cidades e habitantes somente em grandes distâncias. Nesse país, protegido por uma cavalaria muito ativa que hoje estava num local e reaparecia no dia seguinte a cinquenta milhas de distância, o exército romano, lento pelo peso de suas armas e pela formação de sua marcha, não podia dar um passo sem correr os maiores perigos. Essa é a causa da superioridade da cavalaria dos partas, da fragorosa derrota do exército de Crasso e dos perigos que correu aquele de Marco Antônio.

De resto, como já disse, minha intenção não é a de falar sobre os exércitos fora da Europa. Limito-me a falar das instituições dos romanos e dos gregos, além das instituições atuais dos alemães. Passo, pois, para a outra pergunta. Tu me perguntavas por qual arte ou valor natural a infantaria é superior à cavalaria. Em primeiro lugar, a cavalaria não pode ir por toda parte como a infantaria. Se for necessário mudar a ordem de combate, não pode executar o comando tão prontamente como esta. Muitas vezes, quando se avança em marcha, é necessário voltar atrás ou dar meia-volta, pôr-se em movimento quando se está parado ou parar no meio da marcha. Todas essas evoluções, sem dúvida alguma, serão executadas com maior precisão pela infantaria do que pela cavalaria. Uma tropa a cavalo, colocada em desordem pelo choque com o inimigo, só com muita dificuldade retoma sua formação, ainda que esse choque não tenha surtido efeito. Essa é uma desvantagem que a infantaria não tem. Pode acontecer também que um cavalo sem vivacidade seja montado por um homem intrépido ou um cavalo vivaz por um homem sem ímpeto, e essa disparidade de inclinações só pode trazer desordem nas fileiras.

Não se deve ficar admirado se um pelotão de soldados de infantaria detém muitas vezes o choque da cavalaria, pois o cavalo é um animal sensato que conhece o perigo e não se expõe a ele de boa vontade. Pensando na força que o impele ou na força que o detém, pode-se observar que esta é bem mais poderosa que a outra, pois se é impelido pelas esporas de um lado, é detido do outro pelo aspecto das lanças e das espadas. Por isso, tem-se visto muitas vezes, tanto entre os antigos como entre os modernos, um pelotão de infantaria se manter invencível contra todo o esforço da cavalaria. Não me venham dizer que a impetuosidade com a qual se impele o cavalo faz com que seu choque seja mais terrível e o torne mais sensível às esporas do que ao aspecto das lanças, pois desde que começa a perceber que é no meio dessas pontas de lanças que é preciso penetrar, ele mesmo refreia sua corrida e, quando se sente atingido, ele vira à direita ou à esquerda. Para se convencer disso, basta colocar um cavalo para correr contra uma muralha com toda a força possível e muito poucos serão os cavalos que batem com a cabeça contra a muralha. Por isso, César, tendo de combater os helvécios na Gália, desceu do cavalo e fez igualmente apear toda a sua cavalaria. Mandou afastar os cavalos do campo de batalha, considerando-os mais apropriados para a fuga do que para o combate.

Além desses obstáculos naturais que a cavalaria enfrenta, o comandante de um destacamento de infantaria deve sempre escolher caminhos que apresentem grandes dificuldades para os cavalos. Raramente ocorre que não possa preservar sua tropa pela simples disposição do terreno. Se atravessa colinas, nada tem a temer dessa impetuosidade de que se falava. Se marcha pelas planícies, poucas são aquelas que não oferecem meios de defesa em seus bosques ou em suas plantações. Não há arbusto ou fosso que não possa deter essa impetuosidade. E se o terreno está cultivado com vinhedos ou outras árvores, é impenetrável para a cavalaria. O mesmo ocorre num dia de batalha. O menor obstáculo torna inútil toda a impetuosidade de uma carga de cavalaria. De resto, quero relembrar a esse respeito que os romanos tinham tanta confiança na superioridade de sua tática e de suas armas que, no dia do combate, quando tinham de escolher entre um local difícil que os preservaria da impetuosidade da cavalaria, mas não lhes permitira de fazer livremente todas as suas evoluções, ou outro terreno amplo que lhes tornaria a cavalaria mais temida, mas que lhes deixaria os meios de se movimentar como melhor lhes aprouvessem, eles preferiam sempre esse último campo de batalha.

Imitamos os antigos e os modernos para armar nossa infantaria. Agora é o momento de passar aos exercícios. Vamos examinar aqueles que os romanos exigiam de sua infantaria antes de conduzi-la ao combate. Quaisquer que sejam as escolhas e as armas de um soldado, esses exercícios devem ser o principal objeto dos cuidados, caso contrário, nada de útil poder-se-á auferir. É necessário considerá-los sob três aspectos. Primeiro, é preciso tornar o soldado resistente à fadiga, habituá-lo a suportar todas as dores, conferir-lhe agilidade e destreza. Segundo, ensinar-lhe o manejo das armas. Terceiro, instruí-lo a conservar a formação no exército, tanto na marcha, quanto no acampamento, no combate. Essas são as três principais operações de um exército. Se a marcha, o acampamento e a formação de combate foram regulamentados com ordem e método, seu general não é menos elogiado, mesmo que a vitória não tenha coroado seus trabalhos.

As leis e os costumes haviam introduzido esses exercícios em todas as repúblicas antigas, sem negligência de parte alguma deles. Para tornar os jovens ágeis, eram treinados em corridas. Para torná-los destros, a saltar. Para torná-los fortes, a lutar ou a arrancar uma estaca do chão. Essas três qualidades são indispensáveis num soldado. Se for ágil, chega antes do inimigo num posto importante, precipita-se sobre ele quando esse menos espera e o persegue com vigor quando o por em fuga. Se for destro, sabe se esquivar do golpe que lhe é desferido, sabe pular um fosso, desmontar uma trincheira. Se for forte, carrega melhor suas armas, acossa mais vigorosamente o inimigo e suporta melhor seus esforços. Para torná-lo resistente contra todas as dores, era acostumado a carregar fardos pesados.

Quanto ao manejo das armas, esses eram os exercícios dos antigos. Cobriam seus jovens com armas pesando mais que o dobro das armas usuais e lhes davam, em lugar da espada, um bastão munido de chumbo e com um peso infinitamente superior. Então, cada jovem fincava no chão uma estaca que devia se elevar três braças acima do chão e ser bastante sólida para não quebrar ou ser derrubada pelos golpes que lhe eram desferidos. Era contra essa estaca que, armado de escudo e com seu bastão, ele treinava como se fosse contra um inimigo. Ele desferia golpes no alto como se quisesse atingir a cabeça ou o rosto, golpeava o lado ou as pernas. Depois recuava e partia novamente para frente. Tinha o cuidado de se proteger ao mesmo tempo que desferia golpes no inimigo. Como essas armas falsas eram muito pesadas, as armas verdadeiras lhes pareciam bem mais leves num dia de combate. Os romanos queriam que seus soldados golpeassem com a ponta e não com a lâmina. Achavam que esse golpe era mais mortal e mais difícil de aparar. Além disso, descobria menos o soldado e podia ser repetido por mais vezes que o golpe de lâmina.

Não é de se admirar que os antigos entrassem em todos esses detalhes, pois, quando se está em luta corpo a corpo, não há pequena vantagem que não seja muito importante. Cumpre salientar que seus autores se delongam a esse respeito muito mais do que o faço eu mesmo. Os antigos achavam que o que mais se pode ambicionar numa república é contar com um grande número de homens treinados em armas, porque não é a pessoa nem as pedras preciosas que submetem o inimigo, mas somente o temor das armas. Além do mais, as faltas cometidas em qualquer situação podem ser muitas vezes corrigidas, mas para aquelas cometidas na guerra, o castigo vem na hora. Acrescenta-se que a arte da esgrima confere uma audácia maior ao soldado. Ninguém deixa de temer aquilo que aprendeu por longo exercício. Os antigos queriam, portanto, que seus cidadãos se habituassem a todos os exercícios militares. Eles os faziam arremessar contra essa estaca de que falamos dardos mais pesados que os dardos usuais. Esse exercício, que lhes conferia melhor acerto em seus golpes, fortificava igualmente os músculos de seus braços. Aprendiam ainda a atirar com o arco e com a funda. Mestres eram escalados para esses diversos exercícios, de modo que, ao serem selecionados para a guerra, seus jovens já eram soldados tanto pela coragem como pela instrução militar. Só lhes faltava aprender a marchar nas fileiras ou a conservá-las durante a marcha ou durante o combate. Conseguiam isso facilmente, misturando-se com soldados antigos que desde muito tempo estavam acostumados a isso.

Cosimo – Que exercícios mandarias praticar hoje as tuas tropas?

Fabrizio – Vários daqueles de que acabei de falar. Eu os faria correr, lutar, saltar, os fatigaria sob o peso de armas mais pesadas que as armas usuais, os mandaria atirar com o arco e com a besta e acrescentaria o fuzil, arma nova e extremamente necessária. Acostumaria a esses exercícios toda a juventude de meu Estado, particularmente, e com maior cuidado ainda aquela que teria escolhido para a guerra e destinaria para isso todos os dias de festa. Gostaria também que aprendessem a nadar, exercício muito útil para o soldado. Nem sempre há pontes ou barcos nos rios e, se o exército não sabe nadar, perde uma multidão de vantagens e de oportunidades de êxito. Por essa razão é que os romanos treinavam seus jovens no campo de Marte, situado às margens do rio Tibre. Quando estavam esgotados pelo cansaço, atiravam-se no rio para relaxar e depois o atravessavam a nado. Além disso, como os antigos, eu mandaria praticar exercícios específicos para aqueles que fossem destinados à cavalaria. Com isso, não aprenderiam somente a montar um cavalo com mais destreza, mas também a manter-se firme em cima dele, de modo a não se desequilibrar com o desdobramento de todas as suas forças. Para esses exercícios, os antigos tinham preparado cavalos de madeira, sobre os quais os jovens montavam, armados e desarmados, sem ajuda alguma e de todas as maneiras. Por isso, ao menor sinal do general, a cavalaria estava no chão num momento e, a outro sinal, estava novamente montada.

Esses diversos exercícios eram muito fáceis para os antigos e não há hoje república ou monarquia que não pudesse, também, facilmente habituar a isso seus jovens. A prova disso pode ser encontrada em algumas cidades da orla marítima do poente, onde estão em uso. Por lá, os habitantes são divididos em diferentes tropas e cada uma delas toma o nome da arma de que se serve na guerra, isto é, a lança, a alabarda, o arco e o fuzil e por isso são chamados lanceiros, alabardeiros, arqueiros e fuzileiros. Cada habitante deve declarar em qual tropa quer entrar. De todos, em virtude da idade ou de qualquer outro impedimento, não estando aptos para a guerra, procede-se à escolha em cada tropa de homens que são chamados jurados. E esses, nos dias de festa, são obrigados a treinar o manejo da arma de que trazem o nome. A cidade indica a cada tropa um local para os exercícios, e as despesas decorrentes são cobertas por aqueles que não estão incluídos no número dos jurados da tropa. O que é praticado nessas cidades é para nós impossível? Mas, nossa imprevidência nos cega sobre o que temos de melhor para fazer. Esses exercícios davam aos antigos uma excelente infantaria e garantem ainda hoje àquela da orla marítima de Gênova a superioridade sobre a nossa.

Os antigos treinavam seus soldados em sua terra natal, como as cidades de que falamos, ou no meio dos exércitos, como faziam os imperadores pelos motivos que descrevi mais acima. Nós, pelo contrário, não queremos treinar nossos soldados em nossas cidades, não os enviamos ao exército porque não são nossos súditos e também porque não temos o direito de mandar praticar outros exercícios, senão aqueles que eles querem praticar de livre vontade. Essa é a causa da desordem dos exércitos, do enfraquecimento das instituições e da extrema fraqueza das monarquias e das repúblicas, sobretudo na Itália. Mas, voltemos ao nosso tema.

Acabei de falar de diversos exercícios necessários a um soldado. Mas, não é o suficiente tê-lo tornado resistente ao cansaço, ter-lhe dado vigor, agilidade e destreza; é preciso que aprenda ainda a conhecer seus destacamentos, a distinguir seus estandartes e os sons dos instrumentos militares, a obedecer à voz de seus comandantes e a praticar tudo isso, tanto quanto se detém, quando se retira, marcha para frente, combate ou quando segue em marcha. Se não for formado nessa disciplina com todos os cuidados possíveis, jamais se há de ter um bom exército, pois não há dúvida alguma de que homens fogosos, mas sem ordem são mais fracos que homens tímidos mas bem disciplinados. A disciplina extingue o temor e a desordem torna o ímpeto inútil. Para que possas captar melhor a descrição que vou fazer sobre o assunto, devo antes explicar como cada nação, ao organizar seus exércitos ou suas milícias, formou diferentes destacamentos que tiveram em toda parte, senão o mesmo nome, pelo menos o mesmo número aproximado de soldados. Sempre tiveram de seis mil a oito mil homens. Esses destacamentos foram chamados legião pelos romanos, falange pelos gregos e, na França, regimento. Entre os suíços, os únicos que conservaram algo da antiga disciplina são chamados por um designativo que, em sua língua, resulta ao que chamamos brigada. Cada nação dividiu esse destacamento em diferentes batalhões, organizando-os cada uma a seu modo. É esse designativo mais familiar entre nós que pretendo tomar e vou tomar emprestadas também as regras dos antigos e dos modernos para chegar ao objetivo que me proponho.

Como os romanos dividiam suas legiões, compostas de cinco a seis mil homens, em dez cortes, eu vou dividir igualmente nossa brigada em dez batalhões e a comporia de seis mil homens a pé. Cada batalhão deverá ter quatrocentos e cinquenta homens, dos quais quatrocentos com armamento pesado e cinquenta com armamento leve. Dos quatrocentos, trezentos serão armados de escudo e espada e serão chamados escudeiros ou homens de escudo. Os outros, armados de lanças, serão chamados lanceiros ordinários. Aqueles com armas leves serão cinquenta soldados de infantaria, carregando fuzis, bestas, alabardas e escudo redondo, e os designarei com um nome antigo, *vélites* ordinários. Esses dez batalhões formam, portanto, três mil homens com escudos, mil lanceiros ordinários e quinhentos *vélites* ordinários que, reunidos, somam quatro mil e quinhentos soldados de infantaria. Como dissemos que queremos formar nossa brigada de seis mil homens, é preciso acrescentar mil e quinhentos homens a esses de que já falamos. Desses mil e quinhentos, mil serão armados de lanças e serão chamados lanceiros extraordinários; quinhentos portarão armamentos leves e serão chamados *vélites* extraordinários. Assim, a metade de minha infantaria será composta de escudos e a outra metade de piques e de outras armas. Para cada batalhão, vou nomear um comandante de batalhão, quatro centuriões e quarenta decuriões. Mais ainda, um comandante dos *vélites* ordinários e cinco decuriões. Para os *vélites* extraordinários, dois comandantes de batalhão, cinco centuriões e cinquenta decuriões. Haverá um comandante de brigada e, para cada batalhão, um estandarte e música. Assim, uma brigada será composta de dez batalhões, de três mil homens de escudo, de mil lanceiros ordinários e mil lanceiros extraordinários, de quinhentos *vélites* ordinários e quinhentos *vélites* extraordinários, num total de seis mil homens que compreenderão mil e quinhentos decuriões e, além disso, quinze comandantes de batalhão com quinze músicos e quinze estandartes, cinquenta e cinco centuriões, dez capitães de *vélites* ordinários e, finalmente, um comandante de brigada com seu estandarte e sua música. Eu vos repeti essa conta várias vezes para que não confundais nada quando vos falar dos meios de ordenar as brigadas e os exércitos.

Toda república ou toda monarquia que quiser formar seus cidadãos ou seus súditos para a guerra deve armá-los e organizá-los desse modo. Após tê-los dividido em tantas brigadas quantas o país comporta, se houver necessidade de treiná-los nos destacamentos, basta tomar batalhão por batalhão. Embora o número de homens que compõe cada um desses destacamentos não possa formar um verdadeiro exército, cada um deles, no entanto, pode aprender assim tudo o que se espera dele na guerra. De fato, há duas espécies de manobras num exército. Aquelas de cada soldado num batalhão e aquelas de cada batalhão reunido com os demais. Todo soldado que estiver treinado nas primeiras não encontrará dificuldade alguma nas últimas, mas jamais terá êxito nestas se ignorar as primeiras manobras. Cada batalhão pode aprender sozinho como conservar suas fileiras em ordem de batalha em todo tipo de movimento e de terreno, como entrar em formação de combate e como distinguir os sons da música que transmite os diversos comandos durante o combate. É preciso que essa música, como o apito dos remadores das galeras, transmita aos soldados tudo o que têm a fazer: se deve deter-se ou avançar, recuar ou voltar-se para qualquer lado que seja. Quando uma tropa sabe conservar suas fileiras sem se desorganizar por qualquer movimento ou por qualquer terreno, quando por meio da música sabe captar todos os comandos de seu comandante e retomar num instante sua primeira posição, aprende bem depressa, reunida a outros batalhões, todas as manobras que entre eles executam os diversos destacamentos de numeroso exército.

Como esses últimos exercícios são igualmente muito importantes, poder-se-ia, durante os períodos de paz, reunir a brigada uma ou duas vezes por ano e dar-lhe a forma de um exército completo. Colocar-se-ia em sua disposição conveniente o front, os flancos e a reserva do exército e treinar-se-ia assim durante alguns dias em batalhas simuladas. Ora, como um general dispõe sempre seu exército de modo a poder combater o inimigo que vê e aquele que ele suspeita, é preciso preparar um exército a essas duas circunstâncias, é preciso que no meio da marcha possa entrar em combate se necessário e que cada soldado saiba o que deve fazer, se for atacado por um flanco ou por outro. Quando estiver assim formado, deve-se ensiná-lo como se empenhar na ação, como deve bater em retirada se for rechaçado e quem deve então substituí-lo, instruí-lo a obedecer ao estandarte, à música, à voz de seu comandante e habituá-lo de tal modo a esses combates simulados que passe a desejar os verdadeiros. Não é o número de bravos que nele se encontram, mas a superioridade da disciplina que torna um exército intrépido. De fato, se eu estiver nas primeiras fileiras e conhecer bem de antemão para onde devo me retirar se for rechaçado e quem deverá me substituir, então, com a garantia de pronto socorro, eu haverei de combater com muito mais coragem. Se eu estiver nas segundas fileiras, a derrota das primeiras não deverá me assustar porque já estaria esperando isso e o teria até desejado para que, com a retirada desses, a vitória seja obra minha.

Esses exercícios são indispensáveis para um exército novo e necessários também a um exército mais antigo. Embora os romanos estivessem acostumados a eles desde a infância, convém ressaltar, contudo, que os generais os obrigavam a repeti-los antes de pô-los em marcha contra o inimigo. Josefo relata em sua história que, de tanto observar esses exercícios contínuos dos exércitos romanos, os numerosos encarregados pelos víveres que seguiam os acampamentos tinham conseguido aprender muito bem marchar e combater em formação e assim prestavam grandes serviços em dias de batalha. Mas, se for formado um exército de novos soldados para enviá-los imediatamente ao combate ou para mantê-los prontos para qualquer ocasião, todos os cuidados serão perdidos sem esses exercícios contínuos, ministrados tanto para batalhões em separado como para todo o exército reunido. Essa instrução, sendo indispensável, deve-se empregar os maiores cuidados para ministrá-la a quem não a tem e conservá-la naqueles que já estão formados. Tem-se observado que os melhores generais suportaram imensas dificuldades para chegar a essa dupla finalidade.

Cosimo – Parece-me que essas considerações te afastaram um pouco do tema. Já nos falaste de um exército completo e de uma batalha, sem ter dito nada ainda sobre o tipo de exercícios para os batalhões.

Fabrizio – Tens razão. Minha predileção pelas regras antigas e minha tristeza em vê-las tão negligenciadas são a causa desses desvios. Mas, volto ao assunto. O que há de mais importante nos exercícios dos batalhões, como já o disse, é saber conservar sua formação. Para conseguir isso, deve-se treiná-los por muito tempo a essa manobra chamada caracol. Como nosso batalhão é composto de quatrocentos soldados de infantaria com armamento pesado, vamos nos regular de acordo com esse número. Assim, eu formaria oitenta fileiras de cinco homens e, numa marcha precipitada ou lenta, eu os faria, por assim dizer, ligar-se e desligar-se entre eles sem se confundir. Mas, esse exercício seria melhor mostrá-lo ao vivo do que descrevê-lo e é inútil deter-se sobre isso por mais tempo; é conhecido de todos aqueles que viram um exército e não tem outra vantagem senão a de habituar os soldados a guardar suas posições.

Trata-se agora de dispor um batalhão em ordem de batalha. Pode-se proceder de três maneiras diferentes: primeiro, tornando-o muito compacto e dando-lhe a forma de dois quadrados; segundo, formando um quadrado, cujo front fosse disposto em pontas ou chifres; terceiro, deixando no meio do quadrado um espaço vazio, chamado praça. A primeira dessas manobras se executa de duas maneiras. Uma é a de dobrar as fileiras: a segunda fileira entra na primeira, a quarta entre na terceira, a sexta na quinta e assim por diante. Com isso, em lugar de oitenta fileiras de cinco homens, ter-se-ia quarenta fileiras de dez homens. A seguir, pode-se fazer uma segunda vez essa operação e não restaria mais de vinte fileiras com vinte homens cada. O batalhão forma, assim, aproximadamente dois quadrados porque, embora haja tantos homens de um lado quanto de outro, cada soldado tocando o cotovelo de seu vizinho, enquanto que aquele que está atrás está separado por, pelo menos, duas braças, resulta que o batalhão tem muito mais profundidade que largura. Como terei de falar muitas vezes das diferentes partes do batalhão ou do exército inteiro, lembrai-vos que, quando eu disser a cabeça ou o front, será a vanguarda do exército; quando disser a cauda, será a retaguarda e quando disser os flancos, serão os lados. Não misturo nas fileiras os cinquenta *vélites* ordinários do batalhão, mas quando estiver formado, eles se distribuem sobre os dois flancos.

Existe outra maneira de formar um batalhão em ordem de batalha. Como é bem mais útil que a primeira, vou descrevê-la de modo mais amplo. Suponho que não esquecestes o número de soldados, de comandantes e de armas diferentes que compõem nosso batalhão. O objetivo dessa manobra é, como já o dissemos, de formar o batalhão de vinte fileiras com vinte homens por fileira, cinco fileiras de piques na frente e as quinze outras de escudos. Dois centuriões estão na frente, dois outros na retaguarda e substituem os oficiais, chamados pelos romanos de *tergi ductores* (cerra-filas). O comandante do batalhão está entre as cinco primeiras fileiras formadas de piques e as últimas quinze de escudos. De cada lado das fileiras está um decurião que assim comanda sua esquadra. Aquele da esquerda comanda os dez homens da direita e aquele da direita, os dez homens da esquerda. Os cinquenta *vélites* são dispostos nos flancos e na retaguarda do batalhão.

Aqui está agora o que é preciso fazer para que um batalhão em marcha acate imediatamente a ordem de batalha. Os soldados estão dispostos em oitenta fileiras de cinco homens cada. É preciso colocar os *vélites* na frente ou na retaguarda, pouco importa, contanto que estejam fora das fileiras. Cada centurião tem atrás de si vinte fileiras, sendo que as cinco primeiras são formadas de piques e o resto de escudos. O comandante do batalhão está, com a música e o estandarte, entre os piques e os escudos do segundo centurião, e ocupa o espaço de cinco fileiras de escudeiros. Vinte decuriões estão à esquerda das fileiras do primeiro centurião e os vinte outros à direita das fileiras do último centurião. Não se deve esquecer que os decuriões que comandam os lanceiros devem empunhar o pique e aqueles que comandam os escudeiros devem levar igualmente o escudo. Se, nessa situação, quiserdes que as fileiras entrem em formação de batalha para enfrentar o inimigo, deve-se parar o primeiro centurião com suas vinte fileiras; o segundo centurião continua marcando e, movimentando-se obliquamente à direita, chega até o flanco esquerdo das vinte primeiras fileiras, alinha-se com seu centurião e para; o terceiro centurião continua marchando e, movimentando-se obliquamente à direita, chega até o flanco esquerdo das fileiras já paradas, alinha-se com os dois centuriões e pára; o quarto centurião segue absolutamente a mesma marcha e imediatamente dois centuriões deixam a frente do batalhão e vão para a retaguarda; e o batalhão se encontra assim formado em ordem de batalha, de que falamos. Os *vélites* se distribuem pelos flancos, como já dissemos ao explicar a primeira operação.

Repito que é da mais alta importância que todos os soldados saibam reconhecer suas fileiras e mantê-las sem confusão, seja no meio de seus exercícios, seja numa marcha forçada, seja avançando ou recuando e nos lugares mais difíceis. Um soldado bem instruído a esse respeito é um soldado experiente, mesmo que jamais tenha visto o inimigo, e pode-se chamá-lo de soldado antigo. Pelo contrário, um soldado inábil a esses exercícios, embora tenha participado de mil combates, deve ser considerado como um recruta.

Esse é o meio de dispor em ordem de batalha um batalhão que marcha em fileiras compactas. Mas, a coisa mais importante, a verdadeira dificuldade, o que requer mais estudos e prática, enfim, o principal objeto de atenção dos antigos é de saber reorganizar um batalhão imediatamente, quando um incidente qualquer, seja o terreno ou o inimigo, colocou-o em desordem. Para tanto, é preciso: primeiro, encher o batalhão de sinais de ajuntamento; segundo, colocar os soldados de maneira que eles estejam sempre nas mesmas fileiras. Se um soldado, por exemplo, esteve antes na segunda fileira, que nela permaneça sempre, não somente na mesma fileira, mas no mesmo lugar. Os sinais de ajuntamento são extremamente necessários para isso. É preciso primeiramente que o estandarte tenha uma característica bem distinta para ser facilmente reconhecido no meio dos outros batalhões. É preciso, a seguir, que o comandante do batalhão e os centuriões tenham penachos diferentes uns dos outros e de fácil identificação. O que importa mais, porém, é distinguir os decuriões. Esse ponto era de tão grande importância para os romanos que cada um de seus decuriões trazia seu número no capacete. Eram chamados primeiro, segundo, etc. E isso ainda não lhes bastava. Cada soldado trazia sobre seu escudo o número de sua fileira e o do lugar que ocupava.

Quadro I

Este quadro representa um batalhão em marcha, no momento em que entra em ordem de batalha pelo flanco. Com esta mesma disposição das oitenta fileiras, se os centuriões das cinco primeiras fileiras passarem para a retaguarda, todos os piqueiros se encontrarão na retaguarda do batalhão. Essa manobra tem lugar quando, dispondo a formação em ordem de batalha, teme-se o ataque pela retaguarda.

Batalhão em marcha

```
                    C      C
                           xnnnn
                    nnnnn  xnnnn
                    nnnnn  xnnnn
                    nnnnn  xnnnn
                    nnnnn  xnnnn
                    nnnnn  xoooo
                    ooooo  xoooo
                    ooooo  xoooo
                    ooooo  xoooo
                    ooooo  xoooo
                    ooooo  xoooo
                    ooooo  xoooo
                    ooooo  xoooo
                    ooooo  xoooo
                    ooooo  xoooo
                    ooooo  xoooo
                    ooooo  xoooo
                    ooooo  xoooo
                    ooooo  xoooo
                    ooooo  xoooo
                    ooooo    C
                      C    nnnnn
                    nnnnn  nnnnn
                    nnnnn  nnnnn
                    nnnnn  nnnnn
                    nnnnn   SZS
                    oooox    T
                    oooox
                    oooox  ooooo
                    oooox  ooooo
              *     oooox  ooooo
                    oooox  ooooo
             vvvvv  oooox  ooooo
             vvvvv  oooox  ooooo
             vvvvv  oooox  ooooo
             vvvvv  oooox  ooooo
             vvvvv  oooox  ooooo
             vvvvv  oooox  ooooo
             vvvvv  oooox  ooooo
             vvvvv  oooox  ooooo
             vvvvv    *    ooooo
                           *
```

Com rótulos *Flanco esquerdo* e *Flanco direito* nas laterais.

Batalhão que acaba de dispor-se em ordem de batalha pelo flanco

```
          C      Front      C
          vxnnnnnnnnnnnnnnnnnnnnxv
          vxnnnnnnnnnnnnnnnnnnnnxv
          vxnnnnnnnnnnnnnnnnnnnnxv
          vxnnnnnnnnnnnnnnnnnnnnxv
          vxnnnnnnnnnnnnnnnnnnnnxv
                    SZS
                     T

          vxooooooooooooooooooooxv
          vxooooooooooooooooooooxv
          vxooooooooooooooooooooxv
          vxooooooooooooooooooooxv
          vxooooooooooooooooooooxv
          vxooooooooooooooooooooxv
          vxooooooooooooooooooooxv
          vxooooooooooooooooooooxv
          vxooooooooooooooooooooxv
          vxooooooooooooooooooooxv
          vxooooooooooooooooooooxv
          vxooooooooooooooooooooxv
          vxooooooooooooooooooooxv
          vxooooooooooooooooooooxv
          C       vvvvvvvvvvv       C
```

Com rótulos *Flanco esquerdo* e *Flanco direito* nas laterais.

Estando, desse modo, todos bem identificados e habituados a conservar seu lugar, é fácil, no meio da maior desordem, reorganizar sua tropa imediatamente. A partir do momento em que o estandarte é fixado, os centuriões e os decuriões podem com um simples olhar reconhecer seu posto. E quando cada um, conservando as distâncias regulares, colocou-se à esquerda ou à direita, o soldado, guiado pela prática e pelos sinais de ajuntamento, encontra seu posto num instante. É como um barril que pode ser refeito facilmente se todas as aduelas foram marcadas e que, sem isso, é impossível de reconstruir. Todas essas disposições são muito fáceis de serem ensinadas durante os exercícios; são aprendidas rapidamente e dificilmente são esquecidas, porquanto os antigos soldados estão presentes para instruir os novos, e um povo inteiro, em pouco tempo, poderia tornar-se assim muito experiente na profissão das armas.

É muito útil ainda instruir o batalhão para voltar-se num instante, de modo que os flancos ou a retaguarda se tornem a frente numa necessidade e a frente se torne os flancos ou a retaguarda. Nada é mais fácil. Basta que cada homem se volte do lado que lhe é ordenado e lá estará sempre à frente do batalhão. Deve-se observar que, sempre que se volve pelo flanco, as fileiras perdem suas distâncias. Ao fazer meia-volta, a diferença não é sensível, mas volvendo pelo flanco, os soldados não estão mais bem próximos, o que é um vício na disposição usual de um batalhão. É preciso, então, que a prática e seu senso lhes ensinem a cerrar fileiras. Mas, isso é um pequeno inconveniente que eles próprios podem corrigir. O que é muito mais importante e requer muito mais prática é volver todo um batalhão como uma só massa sólida. Para isso, é preciso acostumar-se e ter habilidade. Se, por exemplo, se quiser volver para o flanco esquerdo, deve-se deter aqueles que estão à esquerda e refrear o passo ao centro, de modo que o direito não seja obrigado a correr. Sem essa precaução, as fileiras entram na maior desordem.

Acontece, seguidamente, quando um exército está em marcha, que os batalhões que não estão na vanguarda sejam atacados pelos flancos ou pela retaguarda. Nessa hipótese, um batalhão deve imediatamente volver para o flanco ou para a retaguarda. Para que essa manobra tenha lugar e o batalhão conserve ao mesmo tempo a ordem de batalha que já descrevemos, é preciso que tenha seus lanceiros no flanco em que deve fazer frente e seus decuriões, seus centuriões e seu comandante de batalhão em suas fileiras habituais. Nesse caso, quando forem dispostas as oitenta fileiras de cinco homens cada, todos os lanceiros devem ser postos nas vinte primeiras fileiras. Quanto a seus decuriões, devem ser colocados cinco na primeira fileira e cinco na última. As outras sessenta fileiras são compostas de escudeiros e formam três centúrias. A primeira e a terceira fileira dessas centúrias são compostas de decuriões: o comandante de batalhão, o estandarte e a música são colocados no meio da primeira centúria de escudeiros e os centuriões à frente de cada centúria. Nessa situação, se se quiser ter os lanceiros no flanco esquerdo, deve-se formar as centúrias em ordem de batalha pelo flanco direito; se os lanceiros ficarem à direita, deve-se formar em ordem de batalha pelo flanco esquerdo. Assim, o batalhão marcha com todos os lanceiros num flanco, todos os decuriões na frente e na retaguarda, os centuriões na frente e o comandante de batalhão no centro. Quando o inimigo se apresenta e deve-se enfrentá-lo pelo flanco, ordena-se ao soldado de volver do lado dos lanceiros e o batalhão se encontra perfeitamente em ordem de batalha que descrevemos. Todos estão em suas fileiras prescritas, exceto os centuriões que tomam seu posto num instante e sem dificuldade alguma.

Se, durante a marcha, o batalhão teme ser atacado pela retaguarda, é preciso dispor as fileiras de modo que, formando em ordem de batalha, os lanceiros se encontrem na retaguarda. Para isso, basta colocar os lanceiros nas cinco últimas fileiras de cada centúria, em lugar de colocá-los nas cinco primeiras. Em todo o resto, conserva-se a ordem costumeira e a manobra é a mesma.

Cosimo – Disseste, se me recordo, que o objetivo desses exercícios era o de reunir esses batalhões num exército e assim ordená-los uns com relação aos outros. Mas, se acontecesse que esses quatrocentos e cinquenta soldados de infantaria estivessem empenhados numa ação específica, como os disporia?

Fabrizio – Seu comandante deve definir, então, em que lugar é mais útil colocar seus lanceiros, o que não vai destruir a ordem que estabelecemos. Embora o objetivo de nossas manobras seja, de fato, formar um batalhão que saiba combater numa situação genérica, não podem ser menos úteis em todas as situações particulares. Mas, ao explicar logo mais as duas outras maneiras de dispor em ordem de batalha um batalhão, como anunciei, poderia responder melhor à vossa pergunta. De fato, se por vezes se recorre a essas duas manobras, é somente quando um batalhão está isolado dos demais.

Para formar um batalhão em pontas, deve-se dispor, como se segue, as oitenta fileiras de cinco homens. Coloca-se atrás um centurião, vinte e cinco fileiras com dois lanceiros à esquerda e três escudeiros à direita; atrás das cinco primeiras fileiras, nas vinte últimas, estão vinte decuriões entre os lanceiros e os escudeiros; os decuriões armados de pique ficam com os lanceiros nas cinco primeiras dessas vinte fileiras. Depois dessas vinte e cinco fileiras, seguem-se: 1º – um centurião seguido de quinze fileiras de escudeiros; 2º – o comandante do batalhão, a música e o estandarte, seguidos igualmente de quinze fileiras de escudeiros; 3º – enfim, um terceiro centurião seguido de vinte e cinco fileiras, cada uma das quais é composta de três escudeiros à esquerda e de dois lanceiros à direita e, nas vinte últimas dessas fileiras, são colocados vinte decuriões entre os lanceiros e os escudeiros; o quarto centurião fecha as fileiras.

Agora, com essas fileiras assim dispostas, se se quiser formar um batalhão com duas pontas, deve-se fazer parar o primeiro centurião com as vinte e cinco fileiras que o seguem. O segundo centurião continua marcando, movimentando-se obliquamente à direita pelo flanco direito das vinte e cinco fileiras e, chegando à altura das quinze últimas fileiras desses, para. O comandante do batalhão também se movimenta obliquamente à direita dessas quinze fileiras de escudeiros e para na mesma altura. O terceiro centurião, com suas vinte e cinco fileiras, e o quarto centurião que as segue, dirige-se com a mesma marcha pelo flanco direito dessas fileiras de escudeiros, mas não para no mesmo ponto e continua avançando até que sua última fileira esteja alinhada com a última fileira dos escudeiros. Então, o centurião que conduziu as quinze primeiras fileiras de escudeiros deixa seu posto e vai para o ângulo esquerdo da retaguarda do batalhão. Assim se consegue formar um batalhão de quinze fileiras de vinte homens cada, com duas pontas em cada lado da frente do batalhão, cada uma das quais será formada por dez fileiras de cinco homens cada uma. Entre essas duas pontas, ficará um espaço capaz de comportar facilmente dez homens. Lá estará o comandante do batalhão. Em cada ponta ficará um centurião, na retaguarda, um centurião igualmente em cada ângulo e, nos dois flancos, dez fileiras de lanceiros e uma fileira de decuriões. Essas duas pontas servem para ocultar a artilharia e as bagagens. Os *vélites* se distribuem pelos flancos ao lado dos lanceiros.

Para formar uma praça nesse batalhão em pontas, deve-se tomar as últimas oito das quinze fileiras de vinte homens cada e levá-los para a extremidade das duas pontas que se tornam, assim, a retaguarda da praça. Lá é que são colocadas as bagagens, o comandante do batalhão e os estandartes, mas não a artilharia que será transferida para a frente ou para os flancos do batalhão. Essa manobra é útil quando se deve passar por lugares suspeitos. Mas, a ordem de um batalhão sem pontas e sem praça é ainda preferível. Quando se torna necessário pôr a coberto homens sem defesa, no entanto, o batalhão em pontas é realmente necessário.

Quadro II

Este quadro representa a maneira de dispor em ordem de batalha um batalhão que, durante uma marcha, teme ser atacado pelo flanco.

Batalhão em marcha

Os suíços têm ainda várias outras ordens de batalha. Entre outras, uma que tem a forma de uma cruz, colocando assim a coberto seus fuzileiros no espaço formado pelos braços dessa cruz. Mas, como todas essas manobras são boas somente em situações particulares e como meu único objetivo é reunir diversos batalhões que combatem em conjunto, é inútil falar delas aqui.

Cosimo – Parece que entendo muito bem teu sistema de exercícios para os soldados desses batalhões. Acho, porém, que, se bem me recordo, além desses dez batalhões tens ainda, em tua brigada, mil lanceiros extraordinários e quinhentos *vélites* extraordinários. Não pretendes treiná-los também?

Fabrizio – Sim, sem dúvida, e com o maior cuidado. Treinaria esses lanceiros, divididos em companhias, da mesma maneira que os batalhões e me serviria deles, preferindo-os aos batalhões, em todas as situações particulares, como no caso de precisar de uma escolta, no caso de levar o país inimigo a contribuir e em outras operações similares. Quanto aos *vélites*, eu os treinaria em particular, sem reuni-los todos. Como são destinados a combater sem ordem, é inútil reuni-los para exercícios comuns. Basta que sejam muito bem instruídos nos exercícios específicos.

Deve-se, portanto, e não me canso de repeti-lo, treinar com cuidado os soldados dos batalhões para que guardem suas fileiras, reconheçam seu posto, para que se reagrupem quando o inimigo ou a dificuldade do terreno os pôs em desordem. Quando tiverem assimilado esse hábito, é fácil ensinar a um batalhão qual posto deve ocupar e quais são suas operações no exército. Toda república ou toda monarquia que empregar todos os seus cuidados e todo seu zelo para formar um exército assim organizado e com tais exercícios estará certo de ter constantemente excelentes soldados, superiores a todos os seus vizinhos, destinados a impor e não a receber a lei. Mas, como já o disse, a desordem de nossos governos não nos deixa senão a indiferença e o menosprezo por essas instituições. Por isso, temos exércitos muito ruins e, se forem encontrados alguns comandantes ou alguns soldados que tenham verdadeira capacidade, é impossível para eles dar a menor prova disso.

Quadro III

Manobra para formar um batalhão em pontas, com a praça.

<pre>
                    Front   Front
            C   C   C   C
            nnooo   ooonn   nnooooooooooooooooonn
            nnooo   ooonn   nnooooooooooooooooonn
            nnooo   ooonn   nnooooooooooooooooonn
            nnooo   ooonn   nnooooooooooooooooonn
            nnooo   ooonn   nnooooooooooooooooonn
            nxooo   oooxn   nxooooooooooooooooxn
            nxooo   oooxn   nxooooooooooooooooxn
            nxooo   SZS   oooxn   nxooo   oooxn
            nxooo   T   oooxn   nxooo   oooxn
  Flanco   nxooo   oooxn   Flanco   nxooo   oooxn   Flanco
  esquerdo nnxoooooooooooooxnn   direito   nnxoo   Praça   ooxnn   direito
            nnxoooooooooooooxnn   nnxoo   ooxnn
            nnxoooooooooooooxnn   nnxoo   ooxnn
            nnxoooooooooooooxnn   nnxoo   SZS   ooxnn
            nnxoooooooooooooxnn   nnxoo   T   ooxnn
            nnxoooooooooooooxnn   nnxoo   ooxnn
            nnxoooooooooooooxnn   nnxoo   ooxnn
            nnxoooooooooooooxnn   nnxoooooooooooooxnn
            nnxoooooooooooooxnn   nnxoooooooooooooxnn
            nnxoooooooooooooxnn   nnxoooooooooooooxnn
            nnxoooooooooooooxnn   nnxoooooooooooooxnn
            nnxoooooooooooooxnn   nnxoooooooooooooxnn
            nnxoooooooooooooxnn   nnxoooooooooooooxnn
            nnxoooooooooooooxnn   nnxoooooooooooooxnn
            nnxoooooooooooooxnn   nnxoooooooooooooxnn
            C   C   C   C
</pre>

Quadro IV

★★	★	Front
C	C	C
		ooonn
nnooo	ooooo	ooonn
nnooo	ooooo	ooonn
nnooo	ooooo	ooonn
nnooo	ooooo	ooonn
nnooo	ooooo	oooxn
nxooo	ooooo	oooxn
nxooo	ooooo	oooxn
nxooo	ooooo	oooxn
nxooo	ooooo	oooxn
nxooo	ooooo	ooxnn
nnxoo	ooooo	ooxnn
nnxoo	ooooo	ooxnn
nnxoo	ooooo	ooxnn
nnxoo	ooooo	ooxnn
nnxoo		ooxnn
nnxoo		ooxnn
nnxoo	SZS	ooxnn
nnxoo	T	ooxnn
nnxoo		ooxnn
nnxoo	ooooo	ooxnn
nnxoo	ooooo	ooxnn
nnxoo	ooooo	ooxnn
nnxoo	ooooo	ooxnn
nnxoo	ooooo	★
nnxoo	ooooo	
C	ooooo	
	ooooo	
	ooooo	
	ooooo	
	ooooo	
	ooooo	
	ooooo	
	ooooo	
	ooooo	
	★★	

Flanco esquerdo — *Flanco direito*

Ordem de marcha que precede à manobra.

Cosimo – Que equipamentos terias, acompanhando cada um desses batalhões?

Fabrizio – Em primeiro lugar, não permitiria a cada um dos centuriões ou dos decuriões marchar a cavalo. Se o comandante do batalhão tivesse grande vontade de fazer isso, eu lhe permitiria utilizar uma mula e não um cavalo. Forneceria o batalhão de carros cobertos, um para cada centurião e dois para três decuriões, pois me proponho a acampar bem juntos, como o direi mais abaixo. Cada batalhão teria assim trinta e seis carros que transportariam tudo, juntamente com as tendas, os utensílios de cozinha, os machados e as estacas necessárias para o acampamento. Quanto ao restante da bagagem, os soldados o carregarão, se não estiverem sobrecarregados.

Cosimo – Não duvido da utilidade dos chefes que tens em cada batalhão, mas não receias que tantos comandantes possam provocar confusão?

Fabrizio – Seria verdade se não dependessem todos de um só comandante. Essa dependência estabelece a ordem e, com grande número de oficiais, seria impossível conduzir um batalhão. É uma muralha que, pendendo de todos os lados, tem antes necessidade de grande número de pequenas escoras do que algumas vigas muito sólidas, porquanto toda a força de uma dessas vigas não pode impedir que, a certa distância, a muralha venha a ruir. É preciso, pois, que num exército, sobre dez soldados, encontre-se um que, por ter mais atividade, audácia ou pelo menos autoridade, contenha-os e os disponha ao combate por sua coragem, suas palavras e seu próprio exemplo. O que prova quanto é necessário num exército tudo o que acabo de dizer, como os oficiais, os estandartes e a música, é que são encontrados até nos nossos, mas não sabemos tirar vantagem disso.

Se quisermos que os decuriões prestem todos os serviços que deles esperamos, é preciso que cada um deles conheça bem seus soldados, acampe e monte guarda com eles e combata nas mesmas fileiras. Por esse meio, servem de norma e de medida para manter as fileiras retas e cerradas e, se ocorrer que se desfaçam, podem restabelecê-las imediatamente. Mas, nossos suboficiais só servem hoje para receber vencimentos sempre maiores e para prestar algum serviço particular. O mesmo ocorre com os estandartes, dos quais não se faz nenhum uso militar, mas só servem para os desfiles. Os antigos, ao contrário, deles se serviam como de um guia e de um sinal de reagrupamento. Quando ficava retido, cada soldado, instruído sobre o posto que ocupava com seu estandarte, logo retornava para junto dele. Se ficava imóvel ou estava em movimento, os soldados deviam parar ou marchar. É preciso, portanto, que um exército tenha muitos destacamentos diferentes e cada um deles seu estandarte e seus guias. É o meio de lhe conferir movimento e vida.

Os soldados devem seguir o estandarte e o estandarte, a música. Quando essa é bem executada, comanda o exército. Cada soldado, regulando seus passos de acordo com o ritmo da música, conserva facilmente suas fileiras. Por isso, os antigos tinham em seus exércitos flautas, pífaros e outros instrumentos perfeitamente harmonizados. Como um dançarino jamais se engana em seus passos, seguindo muito bem o ritmo, um exército com a mesma atenção se mantém sempre em boa ordem. Os antigos variavam as músicas, segundo o que pretendiam, isto é, inflamar, acalmar ou deter a impetuosidade de seus soldados. O estilo de música dórica inspirava a constância e o estilo frígio, o furor. Conta-se que Alexandre, ouvindo por acaso à mesa, esse estilo de música frígia, inflamou-se a ponto de levar a mão a suas armas. Seria necessário resgatar todos esses estilos de música e, se houvesse nisso alguma dificuldade, precisaria ater-se pelo menos àquelas músicas que transmitem comandos ao exército. Cada um pode variá-los a seu bel-prazer, mas é preciso que o soldado habitue seu ouvido a distingui-las claramente. Hoje, a música só serve para fazer barulho.

Cosimo – Gostaria muito que me explicasses por que as instituições militares caíram hoje em tal descrédito. Por que são vistas com tanta indiferença e seguidas com tão pouca ordem?

Fabrizio – Vou satisfazer de boa vontade tua pergunta. Sabemos que, entre os militares de renome, conta-se um grande número na Europa, poucos na África e menos ainda na Ásia. A causa dessa indiferença é que essas duas partes do mundo nunca tiveram mais que uma ou duas grandes monarquias e pouquíssimos Estados republicanos, enquanto na Europa subsistiam alguns reis e um grande número de repúblicas. Os homens não se tornam superiores e não desdobram seus talentos senão quando são empregados e encorajados por seu soberano, seja ele um monarca ou uma república. Onde há muitos soberanos, os grandes homens surgem às multidões. Tornam-se raros quando o número de soberanos é pequeno. No tocante à Ásia, quando se tiver mencionado Ninos, Ciro, Artaxerxes e Mitridates, restam pouquíssimos grandes generais para citar. Pondo de lado o que está oculto na noite da antiguidade egípcia, na África só se encontram Massinissa, Jugurta e os generais cartagineses. Seu número é bem pequeno se compararmos com tudo o que a Europa produziu. Ela gerou uma multidão de grandes homens, cujo número seria muito mais considerável ainda, se se pudesse acrescentar todos aqueles que a injustiça dos tempos condenou ao esquecimento porque o mérito se tornou tão comum que há vários Estados forçados, pela necessidade ou por algum poderoso interesse, a oferecer justos encorajamentos a esses homens.

A Ásia só oferece alguns poucos grandes homens porque, reunida quase que toda ela sob um só império, sua imensidão a mantinha, no mais das vezes, em paz e bloqueava todos os esforços de um gênio empreendedor. O mesmo ocorreu na África, excetuando-se Cartago, onde apareceram alguns nomes ilustres. Convém salientar que surgem muito mais grandes homens numa república do que numa monarquia. Naquela, o mérito é honrado, nesta, é temido. Naquela, infunde-se coragem, nesta, procura-se extingui-la.

A Europa, pelo contrário, repleta de repúblicas e de monarquias, sempre em estado de desconfiança umas com as outras, foi obrigada a manter, em todo seu vigor, suas instituições militares e a prestar honras a seus grandes capitães. A Grécia, na realidade, além do reino da Macedônia, contava várias repúblicas que, todas elas, produziram grandes homens. A Itália era habitada pelos romanos, os samnitas, os etruscos e os gauleses cisalpinos. A Gália, a Germânia e a Espanha estavam divididas em grande número de repúblicas e de monarquias. E se só conhecemos, comparando com os romanos, um pequeno número de seus heróis, deve-se acusar a parcialidade dos historiadores que, na maioria das vezes, escravos da riqueza, só celebram os vencedores. Mas, não se pode duvidar que tenha aparecido uma multidão de grandes generais entre os etruscos e os samnitas que combateram durante cento e cinquenta anos contra os romanos, antes de serem dominados. Pode-se dizer outro tanto dos gauleses e da Espanha. Mas, essa virtude que os historiadores recusam aos indivíduos, eles a conferem de todo aos povos de que celebram, até o entusiasmo, a constante obstinação na defesa de sua liberdade.

Se é verdade que o número dos grandes homens depende do número de Estados, deve-se concluir que, quando esses são aniquilados, o número de grandes homens diminui com as oportunidades de exercer sua capacidade. Quando o império romano cresceu e destruiu todos os Estados da Europa, da África e a maior parte daqueles da Ásia, não houve mais lugar para o mérito senão em Roma e os grandes homens se tornaram raros tanto na Europa quanto na Ásia. Como não havia mais virtude senão nessa capital do mundo, o primeiro germe da corrupção arrastou para a corrupção o mundo inteiro e os bárbaros devastaram sem piedade um império que havia extinguido a virtude dos outros Estados, sem ter podido conservar a sua.

A partilha que fez do império romano esse dilúvio de bárbaros não pôde restabelecer na Europa essa antiga virtude militar. Em primeiro lugar, não se retorna facilmente a instituições que caíram em desuso e, a seguir, deve-se acusar disso os novos costumes introduzidos pela religião cristã. Não havia mais tanta necessidade de resistir ao inimigo. Então, o vencido era massacrado ou levava uma vida miserável, numa eterna escravidão. As cidades tomadas eram saqueadas ou seus habitantes eram expulsos delas depois de lhes terem tirado todos os seus bens e eram dispersados pelo mundo inteiro. Não havia, enfim, misérias que os vencidos não tivessem de suportar.

Todo Estado, aterrorizado por tantas desventuras, mantinha constantemente seus exércitos em atividade e concedia grandes honras a todo militar que se distinguia. Hoje, todos esses temores não existem mais em grande parte. A vida dos vencidos é quase sempre respeitada, não ficam prisioneiros por muito tempo e recuperam facilmente sua liberdade. Uma cidade age inutilmente revoltando-se vinte vezes; jamais será destruída e seus habitantes conservam todas as suas propriedades; tudo o que têm a temer é ter de pagar um tributo. Por isso, ninguém mais quer se submeter às instituições militares e suportar o cansaço dos exercícios para escapar de perigos, dos quais não se tem mais medo. Além disso, as diferentes partes da Europa contam pequeno número de soberanos, se comparado com os que elas tinham então. A França inteira obedece a um rei, toda a Espanha a outro e a Itália não é muito dividida. Os pequenos Estados abraçam o partido do vencedor e os Estados poderosos, pelas razões que acabo de descrever, não têm motivo para temer uma ruína completa.

Cosimo – Vimos, no entanto, de vinte e cinco anos para cá, cidades saqueadas e Estados destruídos. Esse exemplo deveria servir de lição para os outros e fazê-los sentir a necessidade de retornar às antigas instituições.

Fabrizio – É verdade. Observa, porém, as cidades que foram saqueadas. Nunca foi uma capital, mas uma cidade de segunda categoria. Foi Tortona, mas não Milão; Cápua e não Nápoles; Bréscia e não Veneza; Ravenna e não Roma. Esses exemplos não mudam o sistema dos governantes. Não têm outro efeito senão o de lhes inspirar uma grande vontade de se indenizar por meio de tributos. Não querem se sujeitar aos incômodos dos exercícios militares, vendo nisso tudo algo inútil ou como uma coisa de que nada entendem. Quanto àqueles que perderam seu poder, e há exemplos tais que deveriam espantar, não possuem mais os meios para reparar seu erro. Assim, alguns renunciam a essas instituições por impotência, outros por ignorância e falta de vontade. Pela facilidade, eles recorrem à riqueza antes que à virtude. De fato, observam que, na ausência de virtude, a riqueza é a mais forte e eles preferem se submeter a ela antes que dominá-la.

Como prova da verdade de minha opinião, posso mencionar a Alemanha. É o grande número de Estados que ela encerra que nela mantém a virtude militar e tudo o que há de bom hoje em nossos exércitos é devido a eles. Ciosos de seu poder, esses Estados só temem a escravidão e sabem assim conservar sua autoridade e sua consideração. Essas são as causas que me parecem explicar a indiferença que se demonstra hoje pelos talentos militares. Não sei se isso vos parece razoável e se não há ainda alguma dúvida a esse respeito.

Cosimo – Nenhuma. Foi perfeitamente demonstrado. Peço, somente, para voltar a nosso tema principal, de me dizer de que maneira formarias tua cavalaria com esses batalhões, a que número poderia chegar, e, enfim, que comandantes e que armas lhe haverias de conferir?

Fabrizio – Não te admires se pode parecer que tenha esquecido essa parte de meu tema. Tenho dois motivos para falar disso muito pouco. Primeiro, é que a força real de um exército está em sua infantaria. Segundo, é que nossa cavalaria é menos ruim que nossa infantaria e, se não é superior à dos antigos, ao menos é comparável a ela. De resto, já falei sobre o modo de treiná-la. Quanto a suas armas, não mudaria nada do que está em uso hoje, tanto para a cavalaria leve como para os guerreiros. Gostaria somente que a cavalaria leve fosse toda ela armada de bestas, misturando nela alguns fuzileiros. Embora esses, nas operações ordinárias da guerra, sejam bastante inúteis, pode-se, contudo, tirar grande vantagem quando se trata de assustar camponeses e de deslocá-los de uma passagem que gostariam de guardar. Eles têm mais medo de um fuzil do que de vinte outras armas.

Trata-se agora de fixar o número que deve alcançar a cavalaria. Como imitamos as legiões romanas, não daria a cada brigada senão trezentos cavaleiros, dos quais cento e cinquenta fortemente armados e cento e cinquenta da cavalaria leve. Cada um desses dois corpos teria um comandante de esquadrão, quinze decuriões, uma música e um estandarte. Concederia cinco carros cobertos para dez cavaleiros armados e dois para dez da cavalaria leve, como aqueles da infantaria. Esses carros levariam as tendas, os utensílios de cozinha, os machados e as estacas e o resto da bagagem, se ainda houvesse lugar. Peço não criticar essa norma que imponho porque hoje esses cavaleiros armados têm quatro cavalos em seu séquito. Isso é um grande abuso. Na Alemanha, os cavaleiros armados só têm um cavalo e um só carro coberto serve para vinte deles levarem sua bagagem. A cavalaria romana não tinha igualmente séquito. Junto a ela eram colocados somente os *triarii* (triários, veteranos que formavam a terceira linha, na reserva) que a ajudavam na cura dos ferimentos dos cavalos. É um costume que podemos imitar, como o mostrarei quando falar dos acampamentos. Erramos muito ao negligenciar, como o fazemos, o exemplo que os romanos nos deram e que hoje nos dão os alemães.

Esses dois esquadrões, que fariam parte da brigada, poderiam, às vezes, se reunir ao mesmo tempo que os batalhões e treinar juntos em guerra simulada, antes para aprender a se reconhecer do que por uma real necessidade. Isso, porém, é o bastante sobre esse assunto. Trata-se agora de postar um exército em ordem de batalha para enfrentar o inimigo e vencê-lo. Essa é a finalidade de um exército e de todos os cuidados que se tem para organizá-lo.

Livro III

Cosimo – Como vamos mudar de assunto, peço que outro se encarregue de fazer as perguntas. Depois de tudo, receio ser tratado como presunçoso, um defeito que não posso suportar. Assim, abdico da ditadura e passo minha autoridade àquele dentre meus amigos que quiser se encarregar disso.

Zanobi – Desejaríamos muito que quisesses continuar, mas como tu queres o contrário, designa ao menos teu sucessor.

Cosimo – Prefiro deixar esse cuidado ao senhor Fabrizio.

Fabrizio – Vou me encarregar disso de boa vontade e proporia seguir o método dos venezianos que sempre dão a palavra ao mais jovem. A guerra é a profissão dos jovens e são os que estão em melhores condições de falar bem dela, como são os mais aptos a bem fazê-la.

Cosimo – É tua vez, portanto, Luigi. Encantado por ver-te tomar meu lugar e acho que não estaremos mal servidos com tal interlocutor. Mas, sem perder mais tempo, vamos voltar a nosso assunto.

Fabrizio – Para fornecer melhores meios de formar um exército em ordem de batalha, é preciso, antes de tudo, explicar qual era, nesse aspecto, o método dos gregos e dos romanos. Como os escritores da Antiguidade dão sobre esse assunto todos os esclarecimentos que se possa desejar, vou deixar de lado muitos detalhes e vou descrever somente as diferentes partes que me parece útil imitar hoje para levar nosso sistema militar a algum grau de perfeição. Assim, proponho-me a mostrar ao mesmo tempo como se deve formar um exército em ordem de batalha, colocá-lo em condições de sustentar um verdadeiro combate e treiná-lo em combates simulados.

O maior erro que podem cometer aqueles que organizam um exército em ordem de batalha é fazer dele um só corpo e esperar assim a vitória mediante o êxito de um único ataque. A causa desse erro é que se negligencia o método dos antigos de receber uma linha do exército em outra linha, único meio de socorrer o primeiro destacamento de combate, de defendê-lo e de substituí-lo no combate. É uma vantagem que os romanos não tinham deixado escapar. Eles dividiam cada legião em *hastati* (portadores de armas providas de haste, lanceiros), *principes* (príncipes) e *triarii* (triários, veteranos que formavam a terceira linha, na reserva). Os lanceiros, que formavam o primeiro corpo de combate, tinham suas fileiras sólidas e cerradas, atrás deles marchavam os príncipes, cujas fileiras estavam um pouco mais afastadas, e finalmente vinham os "triários" que conservavam tão grandes intervalos em suas fileiras que na necessidade podiam receber os príncipes e os lanceiros.

O exército romano possuía ainda os fundeiros, os besteiros e outros soldados de armamento leve que não estavam nas fileiras, mas que eram dispostos na frente do exército, entre a infantaria e a cavalaria. Esses soldados davam início ao combate e, se saíam vencedores, o que raramente acontecia, continuavam em busca da vitória. Se eram rechaçados, retiravam-se nos flancos do exército ou nos intervalos dispostos para isso e se postavam na retaguarda. Então, avançavam os lanceiros que, quando levavam desvantagem, retiravam-se lentamente nas fileiras dos príncipes e, assim reforçados, reencetavam o combate. Se eram novamente vencidos, entravam todos nos intervalos dos "triários" (veteranos) e, reunidos numa só massa, marchavam novamente sobre o inimigo e, sendo rechaçados pela terceira vez, era então que não lhes restava mais meio algum de restabelecer o combate. A cavalaria ficava nos flancos do exército e produzia o efeito de duas alas sobre um corpo; combatia a cavalo e, muitas vezes, na necessidade também a pé com a infantaria. Esse método de se reorganizar três vezes seguidas em combate deve tornar um exército quase invencível, pois era necessário que a sorte o abandonasse três vezes seguidas e que o inimigo tivesse uma grande superioridade de forças e de coragem para manter tantas vezes sua vantagem.

A falange dos gregos não seguia esse método de se reorganizar em combate. Embora contasse grande número de comandantes e fileiras de soldados, sempre formava um só corpo de combate. As fileiras não se encaixavam umas nas outras, como ocorria com os romanos, mas o soldado era substituído individualmente, como vou explicar. Quando, por hipótese, a falange formada em fileiras de cinquenta homens alcançava o inimigo, de todas essas fileiras, as seis primeiras podiam combater, pois suas lanças, chamadas *sarisses*, eram tão longas que a sexta fileira passava a primeira com a ponta de sua lança. Quando, pois, num combate, algum soldado da primeira fila caía morto ou ferido, era imediatamente substituído por aquele da segunda fileira que estava atrás dele; este, pelo soldado da terceira fila e as últimas fileiras preenchiam assim os vazios deixados pelas primeiras, de maneira que essas estavam sempre completas e não ficava nenhum posto sem combatentes, exceto na última fileira que, não tendo meios de se recompor, esgotava-se sem cessar e sofria somente com as perdas das primeiras fileiras. Assim, por essa disposição da falange, podia-se aniquilá-la, mas não rompê-la, pois sua compacidade a tornava quase imóvel.

Os romanos começaram imitando a falange e formaram de início suas legiões segundo esse modelo. Mas, logo se aborreceram com esse método e dividiram suas legiões em diferentes destacamentos, isto é, em coortes e em manípulos. Acharam que, como já o observei, um exército tinha tanto maior vigor quanto mais estímulos diversos tivesse, quanto mais destacamentos diferentes contasse, nos quais cada um tinha seu movimento e vida específicos.

Hoje, os suíços imitam em todos os aspectos a falange dos gregos. Como eles, formam batalhões compactos e sólidos e se mantêm da mesma forma no combate. Diante do inimigo, dispõem seus batalhões na mesma linha ou, se os formam em escalões, não é para que o primeiro batalhão possa se retirar nas fileiras do segundo. Essa é então sua ordem de batalha para se apoiar mutuamente. Colocam um batalhão na frente e outro mais atrás, um pouco à direita do primeiro, de maneira que, se esse tiver necessidade de apoio, possa marchar em seu socorro. Um terceiro batalhão está atrás desses dois, ao alcance de um fuzil. Essa grande distância faz com que, se os dois primeiros forem batidos, têm bastante espaço para se retirar e o terceiro para avançar sem provocar choques de uns com os outros, pois uma grande multidão desordenada não pode ser recebida nas fileiras como uma tropa menos considerável. Pelo contrário, os destacamentos, pouco numerosos e bem distintos, que formavam a legião romana entravam facilmente uns nos outros, prestando-se assim apoio mútuo. E o que prova a superioridade do método dos romanos sobre o método atual dos suíços é que todas as vezes que as legiões romanas tiveram de combater as falanges gregas, as derrotaram completamente. Essa maneira dos romanos de renovar seu exército e de reorganizar o combate, acrescida à natureza de suas armas, tinha efeitos bem mais seguros que toda a solidez da falange.

Procurando formar um exército segundo esses exemplos, eu me propus a utilizar armas e manobras tanto das falanges gregas como das legiões romanas. Foi por isso que introduzi em nossa brigada duas mil lanças, que são as armas da falange macedônia, e três mil escudos com espada, armas dos romanos. Dividi a brigada em dez batalhões, como os romanos dividiam a legião em dez coortes. Quis também, como eles, *vélites*, isto é, soldados com armas leves para iniciar o combate. Nossa ordem de batalha como nossas armas são tiradas de duas nações, cada batalhão tendo à frente cinco fileiras de lanças, enquanto o resto das fileiras é composto de escudos. Posso, com a vanguarda de meu exército, suportar a cavalaria do inimigo e abrir seus batalhões de infantaria, porquanto no primeiro choque tenho, como ele, as lanças para detê-lo e logo depois meus escudos para vencê-lo.

Prestando bem atenção a essa ordem de batalha, pode-se observar que todas essas armas estão todas bem colocadas para produzir seu efeito, porque as lanças são extremamente necessárias contra a cavalaria. Elas o são até contra a infantaria, antes que o embate corpo a corpo se inicie. Mas, então, tornam-se inúteis. Para remediar esse último inconveniente, os suíços colocam atrás de três fileiras de lanças uma fileira de alabardas. Pretendem assim dar espaço a suas lanças, mas isso não basta. Nossas lanças que estão na frente, enquanto os soldados com escudos estão atrás, servem para deter a cavalaria e, no começo da ação, para abrir as fileiras de infantaria e lançar entre elas a desordem. Mas quando o combate se aperta e elas se tornam inúteis, cedem lugar aos escudos e às espadas que podem ser manejados facilmente no embate corpo a acorpo.

Luigi – Estamos impacientes para saber como, com essas armas e essa disposição dos soldados, tu formarias teu exército em ordem de batalha.

Fabrizio – É exatamente aonde quero chegar. Deve-se, primeiramente, saber que, num exército romano ordinário, que era chamado exército consular, havia somente duas legiões de cidadãos romanos compostas aproximadamente de seiscentos homens de cavalaria e onze mil de infantaria. Além disso, contavam com semelhante número de infantaria e de cavalaria que lhes era enviado por seus aliados. Essas últimas tropas eram divididas em dois destacamentos que eram chamados ala direita, e o outro, ala esquerda. Essa infantaria auxiliar nunca excedia em número aquele da infantaria das legiões. Somente a cavalaria era mais numerosa que a cavalaria romana. Era com esse exército de vinte e dois mil homens de infantaria e aproximadamente de dois mil de cavalaria que um cônsul devia resistir a todo tipo de inimigo e realizar todos os seus empreendimentos. Quando, porém, devia deter-se um inimigo muito perigoso, os dois cônsules reuniam seus dois exércitos.

Deve-se observar ainda que, nas três principais circunstâncias em que se encontra um exército, isto é, em marcha, no acampamento e no campo de batalha, os romanos colocavam sempre suas legiões no centro do exército. Com isso, queriam, como vou mostrar quando tratar desses três temas principais, reunir o mais possível as tropas, cuja coragem lhes inspirava maior confiança. De resto, essa infantaria auxiliar, vivendo continuamente com legiões, formada na mesma disciplina e observando a mesma ordem de batalha, prestava aproximadamente os mesmos serviços. Assim, quando se conhece a ordem de batalha de uma legião, conhece-se a ordem de todo o exército. Tendo explicado como os romanos dividiam uma legião em três linhas de batalha, onde cada uma recebia a outra, demonstrei a disposição geral de todo o seu exército.

Como pretendo imitar a ordem de batalha dos romanos, vou formar duas brigadas, como eles tinham duas legiões. Sua disposição será a mesma daquela de todo um exército porque, tendo um maior número de tropas, só resta fazer uma coisa, reforçar as fileiras. Acho que é de todo inútil dizer qual o número de homens que compõe uma brigada, repetir que é formada de dez batalhões, informar quantos oficiais há nela, como é armada, o que são os lanceiros e os *vélites* ordinários, os lanceiros e os *vélites* extraordinários, tudo isso já foi explicado com clareza. Já vos adverti para lembrar tudo isso muito bem como algo indispensável para entender todas as nossas manobras. Assim, acredito que posso prosseguir sem me deter nisso por mais tempo.

Coloco os dez batalhões de uma brigada à esquerda do exército e os dez batalhões da outra brigada à direita. Disponho, assim, os dez batalhões da esquerda: cinco batalhões ficam na frente, dispostos na mesma linha e separados um do outro por quatro braças; ocupam, assim, cento e quarenta e uma braças de terreno em largura e quarenta em profundidade; atrás desses cinco batalhões, coloco três outros a uma distância direta de quarenta braças; dois desses batalhões se alinham com os dois últimos dos cinco, o outro fica ao centro; esses três batalhões ocupam, assim, em largura e em profundidade, o mesmo espaço que os cinco primeiros, com a diferença que esses estão separados por somente quatro braças e aqueles, por trinta e três; finalmente, atrás desses três batalhões, coloco os dois últimos a uma igual distância direta de quarenta braças, cada um alinhado com a direita e a esquerda das duas primeiras linhas e separados, assim, um do outro por noventa e uma braças. Todos esses batalhões, dispostos dessa maneira, ocupam, portanto, cento e quarenta e uma braças em largura e duzentas em profundidade.

A uma distância de vinte braças, distribuo no flanco esquerdo desses batalhões os lanceiros extraordinários que formam cento e quarenta e três fileiras de sete homens cada e cobrem todo o flanco esquerdo dos dez batalhões, dispostos como acabo de explicar. As quarenta fileiras que sobram servem para guardar a bagagem e todo o séquito do exército colocado na retaguarda. Os decuriões e os centuriões manterão seus postos habituais e dos três comandantes desses lanceiros, um ficará na frente, outro no centro e o terceiro como cerra-fila na retaguarda. Ele exercerá as funções do *tergi ductor* (comandante da retaguarda) dos romanos que era colocado na retaguarda do exército.

Mas, retorno à vanguarda do exército e coloco, à esquerda dos lanceiros extraordinários, os *vélites* extraordinários que somam, como o sabeis, quinhentos homens e que vão ocupar um espaço de quarenta braças. Ao lado e sempre à esquerda, ficam os homens armados que ocupam cento e cinquenta braças de terreno e finalmente a cavalaria ligeira que ocupa o mesmo espaço. Deixo os *vélites* ordinários em torno de seus respectivos batalhões, nos intervalos que separam cada batalhão. Estarão, por assim dizer, às ordens desses batalhões, a menos que eu prefira colocá-los às ordens dos lanceiros extraordinários. A respeito disso, posso decidir de acordo com a circunstância. Seguindo a mesma consideração, o comandante da brigada poderá estar indiferentemente entre a primeira e a segunda linha dos batalhões ou na frente, entre os lanceiros extraordinários e o primeiro batalhão da esquerda. Em torno dele ficarão trinta a quarenta homens de elite, bastante inteligentes para executar uma ordem imprevista, e bastante intrépidos para suportar um choque do inimigo. A seus lados, estarão o estandarte e a música.

Essa é a ordem de batalha que eu daria à brigada da esquerda, isto é, à metade do exército. Terá quinhentas e onze braças de largura e duzentas de profundidade, como já o disse. Não conto, nessa última medida, o destacamento dos lanceiros extraordinários que guardam os equipamentos e ocupam aproximadamente cem braças. Absolutamente da mesma maneira, disporia a brigada da direita, deixando entre as duas um espaço de trinta braças, onde colocaria algumas peças de artilharia e, atrás dessa artilharia, o general em chefe com a música e o estandarte principal. Será cercado de, pelo menos, duzentos homens de elite, a maioria deles a pé, dentre os quais haverá dez em condições de executar qualquer ordem que seja. O general estará armado de tal modo que possa ficar a cavalo ou a pé, de acordo com a necessidade.

Para o ataque às praças fortes, não é preciso para o exército mais que dez canhões, cuja bala não deve ter mais de cinquenta libras. Em campanha, eu me serviria deles mais para a defesa do acampamento do que num dia de batalha. Gostaria que o resto da artilharia fosse, de preferência, de balas de dez do que de quinze libras. Eu a colocaria na frente do exército, se o terreno não for bastante seguro para que possa transferi-la para os flancos, de maneira que nada tenha a temer do inimigo.

Essa ordem de batalha tem algo da falange grega e algo da legião romana. A vanguarda, repleta de lanceiros, é formada de fileiras cerradas e pode assim reparar, como a falange, as perdas de suas primeiras fileiras pelas últimas. Por outro lado, se for rechaçada de tal modo que suas fileiras são postas em desordem, pode se retirar para os intervalos da segunda linha de batalhões colocados atrás, reorganizar-se num só corpo compacto, partir de novo e combater o inimigo. Se for uma vez mais rechaçada, retirar-se ainda na terceira linha e reencetar a ação. Assim, esse exército mantém o combate à maneira dos gregos e dos romanos.

Quadro V

*Plano de um exército formado
em ordem de batalha.*

```
                        Front                              Front
                         θ      θθ      θθ      θθ     θθ     θθ     θ
        eeee rrrrr nn CC    CC    CTC   CTC   CTC   CTC   SZS
        eeee rrrrr nn nnn vnnnnv vnnnnv vnnnnv vnnnnv vnnnnv  A
        eeee rrrrr nn nnn vnnnnv vnnnnv vnnnnv vnnnnv vnnnnv vvooo
        eeee rrrrr nn nnn vooooν vooooν vooooν vooooν vooooν
        eeee rrrrr nn nnn vooooν vooooν vooooν vooooν vooooν
                   nn nnn vooooν vooooν vooooν vooooν vooooν
                   nn nnn  CC    CC    CC    CC    CC
                   nn nnn
                   nn nnn              Z
                   nn nnn             SDS
                   nn nnn
                   nn nnn
                   nn nnn  CTC         CC          CTC
                   nn nnn vnnnnv     vnnnnv       vnnnnv
                   nn nnn vnnnnv     vnnnnv       vnnnnv
                   nn nnn vooooν     vooooν       vooooν
                   nn nnn vooooν     vooooν       vooooν
                   nn nnn vooooν     vooooν       vooooν
  Flanco esquerdo  nn nnn  CC          CC           CC
                      nnn
                      nnn
                      nnn
                      nnn                           CC
                      nnn vnnnnv                  vnnnnv
                      nnn vnnnnv                  vnnnnv
                      nnn vooooν                  vooooν
                      nnn vooooν                  vooooν
                      nnn vooooν                  vooooν
                      nnn  CC              T
                      CC  Bagagens
```

```
         Front                          Front
   θ     θθ     θθ     θθ      θθ     θ
   CTC    CTC    CTC    CTC    CTC    CC  nn rrrrr eeee
 vnnnnv vnnnnv vnnnnv vnnnnv vnnnnv   nnn nn rrrrr eeee
 vnnnnv vnnnnv vnnnnv vnnnnv vnnnnv   nnn nn rrrrr eeee
 voooov voooov voooov voooov voooov   nnn nn rrrrr eeee
 voooov voooov voooov voooov voooov   nnn nn rrrrr eeee
 voooov voooov voooov voooov voooov   nnn nn
   CC     CC     CC     CC     CC     nnn nn
                                      nnn nn
                 Z                    nnn nn
                SDS                   nnn nn
                                      nnn nn
                                      nnn nn
   CTC            CC            CTC   nnn nn
 vnnnnv         vnnnnv        vnnnnv  nnn nn
 vnnnnv         vnnnnv        vnnnnv  nnn nn
 voooov         voooov        voooov  nnn nn     F
 voooov         voooov        voooov  nnn nn     l
 voooov         voooov        voooov  nnn nn     a
   CC             CC             CC   nnn nn     n
                                      nnn        c
                                      nnn        o
                                      nnn
                                      nnn        d
                                      nnn        i
   CC                            CC   nnn        r
 vnnnnv                        vnnnnv nnn        e
 vnnnnv                        vnnnnv nnn        i
 voooov                        voooov nnn        t
 voooov                        voooov nnn        o
 voooov                        voooov nnn
   CC             T              CC   nnn
                                      nnn
                                      CC
```

De resto, que se poderia imaginar de mais forte que um exército desses que, em todos os seus setores, é munido com abundância de comandantes e de armas, que não apresenta nenhum lado fraco, exceto a retaguarda, onde estão os equipamentos, e que mesmo aí tem uma muralha no destacamento dos lanceiros extraordinários? O inimigo não pode atacá-lo em nenhum ponto que não esteja disposto ao combate e afirmo que a retaguarda não tem nenhum perigo a temer. Jamais haverá inimigo que tenha forças tão numerosas que possa atacar em todos os pontos porque, nesse caso, nem se deveria entrar em campanha contra ele. Suponho que, sendo três vezes mais forte que vós e tendo também uma boa ordem de batalha, ele se enfraquece ao querer vos envolver; ao conseguir romper um ponto dele, consegue-se arruinar todas as suas disposições. Se sua cavalaria, mais forte que a vossa, chegou a pô-la em debandada, as fileiras dos lanceiros que vos cercam de todos os lados detêm seu ímpeto. Os oficiais estão posicionados de maneira a poder facilmente receber e transmitir as ordens. Os intervalos que separam cada batalhão e cada fileira de soldados, não somente facilitam a retirada em caso de revés, como já mostrei, mas deixam ainda um espaço livre para aqueles que estão encarregados de levar as ordens do general.

Já disse que o exército romano era de aproximadamente vinte e quatro mil homens e esse seria também o número de nosso exército. Como as tropas auxiliares dos romanos imitavam a ordem de batalha e a maneira de combater das legiões, assim, as tropas que forem reunidas a vossas duas brigadas devem se regular totalmente de acordo com elas. A ordem de batalha que tracei deve vos guiar nesse aspecto. Se o número de batalhões ou de soldados do exército for duplicado, basta duplicar as fileiras dos batalhões ou dos soldados. Assim, em lugar de dez batalhões, colocar vinte deles à esquerda ou reforçar as fileiras dos soldados. O tipo de inimigo ou a natureza do terreno é que vai definir o que deve ser feito.

Luigi – Na verdade, senhor Fabrizio, parece-me que já tenho teu exército diante de meus olhos. Fico ansioso por vê-lo entrar em combate. Não gostaria, por nada desse mundo, que imitasses aqui Fabius Maximus, que te mantivesses à distância do inimigo e que ficasses na defensiva. Acho que eu gostaria muito mais do que o fez o povo romano contra o antigo Fabius.

Fabrizio – Sobre isso, não precisa ter medo. Mas, não ouves já o barulho dos canhões? Os nossos abriram fogo sem ter prejudicado muito o inimigo. Os *vélites* extraordinários e a cavalaria ligeira deixam seus postos, espalham-se quanto podem e, soltando grandes gritos, precipitam-se sobre o inimigo com furor. Sua artilharia só fez uma descarga que passou sobre a vanguarda de nosso exército, mas sem prejuízo algum. Para que não possa desferir uma segunda descarga, nossos *vélites* e nossa cavalaria correm em sua direção com rapidez e o inimigo avança para defendê-la. Assim, dos dois lados, a artilharia se torna inútil.

Admira a coragem e a disciplina de nossas tropas ligeiras, habituadas ao combate por longos exercícios e cheias de confiança no exército que as segue. Aí está ela que, com passo medido, movimenta-se com os homens armados e avança contra o inimigo. Nossa artilharia, para abrir caminho, retirou-se nos intervalos de onde saíram os *vélites*. O general está aí animando seus soldados e prometendo-lhes uma vitória certa. Os *vélites* e a cavalaria ligeira se retiram para os lados para cuidar de atormentar os flancos do inimigo. Já chegamos ao embate corpo a corpo. Com que intrepidez e com que silêncio os nossos suportaram o choque do inimigo! O general ordenou aos homens armados para sustentar o embate sem atirar e não se afastar da linha da infantaria. Viste nossa cavalaria caindo sobre uma companhia de fuzileiros que queriam nos atacar pelo flanco, e a cavalaria inimiga acorrendo em seu socorro, de maneira que, apertados entre essas duas cavalarias, não podem mais fazer uso de suas armas e se retiram para trás de seus batalhões?

Mas, nossos lanceiros acuaram o inimigo com fúria e a infantaria já está tão próxima que eles já não servem mais. Fiéis a sua instituição, retiram-se lentamente através dos escudos. Entretanto, uma grande tropa de soldados inimigos rechaçou nossos homens que, de acordo com a regra que prescrevemos, puseram-se ao abrigo sob os lanceiros extraordinários e lá, unidos a esses, enfrentaram novamente o inimigo, rechaçaram-no e mataram muitos deles. Os lanceiros ordinários dos primeiros batalhões, uma vez retirados no meio das fileiras dos escudos, esses se apoderam do combate e olha com que audácia, com que facilidade, com que segurança eles ferem o inimigo.

Deves ter notado que, no combate, as fileiras se cerraram de tal modo que com dificuldade se pode manejar a espada. Olha com que furor os inimigos tombam. É que, armados somente de uma lança ou de uma espada que ou é muito comprida, ou encontra um inimigo muito bem armado, uns caem mortos ou feridos e os outros se põem em fuga. Sua esquerda já está em debandada, a direita logo a seguirá e a vitória é nossa. Não é um belo combate? Seria muito melhor ainda, se me fosse permitido realizá-lo. Deves ter observado que não tivemos necessidade da segunda nem da terceira linha. A primeira foi suficiente para vencer. Só me resta perguntar se tendes necessidade de alguns esclarecimentos.

Luigi – Perseguiste tua vitória com tanta vivacidade que ainda estou admirado, e de tal modo estupefato, que sequer posso dizer ainda se tenho alguma dúvida. Entretanto, confiando plenamente em tua habilidade, não receio propor a ti todas as minhas perguntas. Em primeiro lugar, por que mandaste tua artilharia abrir fogo uma só vez? Por que a mandaste levar logo para a retaguarda do exército, sem mencioná-la uma vez mais sequer? Parece-me ainda que dispões a teu bel-prazer da artilharia inimiga, fazendo-a atirar alto demais, o que pode muito bem ocorrer, mas se, por acaso, o que acontece, às vezes, acredito, chega a atingir diretamente tuas tropas, que remédio tens contra esse perigo? Já que comecei a falar da artilharia, quero esgotar esse assunto para não retornar mais a ele. Ouvi muitas vezes menosprezar a ordem de batalha e as armas dos antigos como sendo fracas e até mesmo de todo inúteis contra a artilharia que trespassa todo tipo de armas e derruba as mais compactas fileiras. Em decorrência disso, parece-me que é loucura estabelecer uma ordem de batalha que não pode ser conservada muito tempo contra ataques desse tipo e fatigar-se em carregar armas que não podem te defender.

Fabrizio – Tuas reflexões que abraçam vários objetos requerem uma resposta de certa extensão. É verdade que só mandei minha artilharia abrir fogo uma vez e ainda fiquei na dúvida por essa única vez e apresento o motivo disso. É que é menos importante ferir o inimigo do que se garantir contra seus golpes. Para se preservar do efeito da artilharia, não há outro meio senão o de se postar fora de seu alcance ou trancar-se dentro das muralhas ou das trincheiras, sabendo-se ainda que devem ser de grande resistência. Um general que se determina ao combate não pode se encerrar em muralhas ou em trincheiras, nem se colocar fora do alcance da artilharia. É preciso, portanto, já que não pode se proteger, procurar sofrer o menos possível o efeito dela e não há outro meio senão procurar apoderar-se dela imediatamente. Deve-se, pois, precipitar-se sobre ela com uma corrida rápida e não em massa e com passo cadenciado. A vivacidade da corrida não permite ao inimigo abrir fogo uma segunda vez e, com as fileiras esparsas, menos soldados são atingidos. Mas, esse meio é impraticável para uma tropa formada em ordem de batalha. Se ela marchar depressa, desorganiza-se e, se avança com as fileiras desalinhadas, poupa ao inimigo a dificuldade de rompê-la.

Ordenei, portanto, a meu exército de maneira a evitar esses dois inconvenientes. Coloquei nos flancos mil *vélites*, recomendando-lhes correr com a cavalaria sobre a artilharia inimiga logo que a nossa tivesse atirado. Não mandei abrir fogo uma segunda vez de nosso lado porque não poderia tomar esse tempo e arrebatá-la do inimigo. A mesma razão que podia me impedir da mandar minha artilharia atirar a primeira vez me deteve na segunda porque essa vez também o inimigo podia abrir fogo por primeiro. Ora, para inutilizar a artilharia inimiga, não há outro meio senão atacá-la. Se o inimigo a abandona, basta apoderar-se dela. Se quiser defendê-la, ele avança e, nos dois casos, ela se torna inútil.

Parece-me que esses motivos não necessitam do apoio de exemplos. Mas, os antigos nos fornecem alguns. Ventidius, prestes a entrar em combate contra os partas, cuja força consistia em suas flechas, deixou-os aproximar-se das trincheiras de seu acampamento antes de formar seu exército em ordem de batalha, decidido a dar início logo ao combate, sem deixar-lhes tempo de atirar suas flechas. César relata que, numa batalha que sustentou na Gália, foi atacado com tanto furor que seus soldados não tiveram tempo de lançar o dardo, segundo o costume dos romanos. É evidente, portanto, que para se garantir em campanha do efeito de uma arma que é lançada de longe, não há outra coisa a fazer senão correr para se apoderar dessa arma com a maior presteza.

Eu tinha outra razão ainda para ir contra o inimigo sem abrir fogo com minha artilharia. Pode parecer risível, mas não me parece que deve ser desprezada. Não há nada que espalhe mais a desordem num exército do que lhe perturbar a vista. Exércitos muito corajosos foram muitas vezes derrotados por terem sido ofuscados pela poeira ou pelo sol. Ora, não há mais espessa escuridão do que a fumaça da artilharia. Achava, portanto, que era mais sábio deixar o inimigo cegar-se a si mesmo do que marchar contra ele sem nada ver. Assim, eu não mandaria minha artilharia abrir fogo ou, com receio de ser censurado, visto a grande reputação de que goza essa nova arma, eu a colocaria nos flancos do exército, a fim de que sua fumaça não cegasse o soldado, que é o objetivo mais importante. Para provar o quanto se deve temer esse perigo, pode-se lembrar Epaminondas que, querendo perturbar a visão do inimigo que vinha atacá-lo, mandou sua cavalaria ligeira correr diante dele. Levantou assim nuvens de poeira que cegaram os lacedemônios e deram a vitória a Epaminondas.

Tu me criticas de dirigir a meu bel-prazer os tiros de artilharia inimiga, fazendo-os passar por sobre a cabeça de minha infantaria. Respondo a isso que os tiros da artilharia pesada, no mais das vezes, sem dúvida alguma, erram o alvo. A infantaria tem tão pouca altura e essa artilharia é tão difícil de manejar que, por pouco que se levante o canhão, o tiro passa por cima da cabeça. Se é abaixado, atinge o chão e a bala não chega. Dá para imaginar também que a menor desigualdade do terreno, o menor matagal, a mais leve elevação entre as tropas e a artilharia detém seu efeito. Quanto à cavalaria e, sobretudo, aos guerreiros que são mais altos e mais cerrados que os cavalos, é mais fácil atingi-los, mas pode-se evitar esse perigo mantendo-os na retaguarda do exército até que a artilharia tenha cessado de atirar.

É verdade que os fuzis e a artilharia leve causam mais danos, mas é fácil evitá-los, caindo sobre eles. E se o primeiro choque custa a vida de alguns soldados, é uma desgraça indispensável. Um bom general e um exército corajoso nunca devem temer uma desgraça individual, mas uma desgraça geral. Que os suíços nos sirvam de exemplo. Eles nunca refutam o combate por medo da artilharia e punem com a morte quem quer que tenha ousado, por esse motivo, sair das fileiras e dar sinais de pavor. Assim, minha artilharia se retirou para a retaguarda do exército, depois de sua primeira descarga, para deixar passagem livre aos batalhões e não falei mais dela, porquanto é de todo inútil uma vez iniciado o combate.

Acrescentaste que muita gente considera como um socorro inútil contra a violência da artilharia as armas e a ordem de batalha dos antigos. Se bem entendo, pareceria que os modernos tenham encontrado uma ordem de batalha e armas que sejam de alguma utilidade contra a artilharia. Se estiveres a par desse segredo, peço encarecidamente que o reveles a mim. Nada vi de semelhante até agora e duvido até que algum dia se faça semelhante descoberta. Mas, gostaria que essa gente me dissesse o motivo pelo qual nossa infantaria veste hoje uma couraça ou um colete de ferro, o motivo de nossa cavalaria estar toda coberta com o mesmo metal. De fato, se condenam as armas dos antigos porque as consideram como inúteis diante da artilharia, deveriam igualmente renunciar a esse tipo de armaduras. Gostaria também de saber por que os suíços, seguindo os antigos, formam batalhões compactos de seis ou oito mil homens e por que todas as outras nações seguiram seu exemplo. Essa ordem de batalha, contudo, expõe do mesmo modo aos efeitos da artilharia como qualquer outra disposição que se pudesse tirar dos antigos. Não sei o que essa gente poderia responder, mas se perguntares aos militares que tenham um pouco de bom senso, eles responderiam em primeiro lugar que carregam suas armas, não porque elas os defendem contra a artilharia, mas porque os protegem contra as bestas, as lanças, as espadas, as pedras e todas as outras armas que o inimigo poderia dirigir contra eles. Diriam, a seguir, que marcham em formação cerrada em suas fileiras como os suíços para poder rechaçar a infantaria com maior vigor, suportar mais facilmente a cavalaria e apresentar maiores dificuldades ao inimigo que as quer romper.

Pode-se notar, portanto, que um exército tem outros perigos a temer, além da artilharia, e é contra esses perigos que pode se defender com as armas e as disposições que estabelecemos. Disso decorre que sua salvação estará tanto mais assegurada quanto melhores armas tiver e quanto mais compactas e cerradas estiverem suas fileiras. Assim, essa opinião de que me falas é prova de inexperiência e de irreflexão. De fato, se hoje a mais fraca das armas dos antigos, a lança, se a menos importante de suas instituições, a ordem de batalha dos suíços conferem tão grande força a nossos exércitos e lhes asseguram uma tão grande superioridade, por que se haveria de julgar que todas as suas outras armas e instituições não teriam nenhuma utilidade? Finalmente, se não nos detivemos pelos perigos da artilharia, cerrando nossas fileiras como os suíços, que outra instituição dos antigos poderia aumentar esses perigos? Não há nenhuma que deva ser mais temida que a artilharia.

Quando a artilharia inimiga não me impede de acampar diante de uma praça forte, de onde me derrota com segurança, estando defendida pelas muralhas e da qual não posso me apoderar, e de onde pode abrir fogo contra mim repetidamente, por que haveria de temê-la tanto em campo aberto, onde é fácil de se apoderar dela imediatamente? Acredito, portanto, que a artilharia não é em absoluto um obstáculo ao projeto de fazer reviver nos exércitos as instituições e a força dos antigos. E eu descreveria tudo o que penso a respeito, se já não tivesse me delongado demais; de qualquer maneira, quero relembrar tudo o que já disse sobre isso.

Luigi – Captamos muito bem todas as tuas ideias sobre a artilharia. Tua opinião, em última análise, é que se deve, quando em campanha diante do inimigo, correr em direção dos canhões para apoderar-se deles, mas com relação a isso tenho uma observação a fazer. Parece-me que o inimigo poderia dispor sua artilharia nos flancos de seu exército, de maneira que pudesse te atingir sem nada temer de teus ataques. Acho que me lembro que tu deixas, em tua ordem de batalha, quatro braças de distância entre cada batalhão e vinte braças entre os batalhões e os lanceiros extraordinários. Mas, se o inimigo ordenasse seu exército dessa maneira e pusesse sua artilharia nesses intervalos, parece-me que poderia te causar grandes danos sem nada temer, porquanto não poderias penetrar em suas fileiras para te apoderares de seus canhões.

Fabrizio – Tua objeção é perfeitamente justa e vou procurar resolvê-la ou contornar esse perigo. Já disse que esses batalhões, estando sempre em movimento, seja no combate, seja na marcha, tendem naturalmente a cerrar-se. Assim, se for ampliada a largura dos intervalos em que se instala a artilharia, os batalhões se tornam tão compactos em pouco tempo que ela não terá mais espaço suficiente para agir. Se, para evitar esse inconveniente, forem alargados os intervalos, cai-se em perigo maior ainda, pois o inimigo pode penetrar neles e não somente se apoderar da artilharia, mas ainda lançar a desordem no meio das fileiras. De resto, é preciso saber que é impossível manter a artilharia nas fileiras, aquela, sobretudo, que é transportada em carros, porque vai em direção contrária àquela para onde atira. Se houver necessidade de marchar e abrir fogo ao mesmo tempo, nesse caso é preciso virar a artilharia e essa operação exige tão grande espaço que somente cinquenta carros de artilharia lançariam a desordem num exército inteiro. Não há outra maneira senão a de mantê-los fora das fileiras, onde podem ser atacados, como já o dissemos.

Prefiro supor que se possa colocar essa artilharia nas fileiras e encontrar um meio termo entre o perigo de cerrá-las, de tal modo que o efeito da artilharia seja impedido, ou de abri-las, de tal forma que o inimigo nelas possa penetrar. Sustento que, mesmo nesse caso, pode-se conseguir proteção, deixando no exército intervalos que deem livre passagem às balas e tornem inútil toda a sua violência. Esse meio é muito fácil, pois, se o inimigo quiser que sua artilharia esteja em segurança, deve colocá-la na extremidade de seus intervalos e, para não atingir seus próprios soldados, atirar sempre numa mesma linha. Então se pode ver a direção das balas e nada mais fácil que evitá-las, abrindo-lhes passagem. Regra geral: é preciso sempre deixar passar o que não se pode deter, assim como faziam os antigos com relação aos elefantes e aos carros armados de foices.

Imagino e estou até certo de que vos parece que arranjei e ganhei minha batalha da maneira que me aprove. Mas, repito que é impossível que um exército assim armado e ordenado não derrote, com o primeiro choque, qualquer outro exército disposto como nossos exércitos modernos que, na maioria das vezes, formam um só corpo de combate, não têm soldados armados de escudos e se apresentam de tal modo sem defesa que não podem resistir a um inimigo que os acosse de perto. A ordem de batalha atual está tão viciada que, se os batalhões forem colocados na mesma linha, tem-se um exército sem nenhuma profundidade. Ao contrário, se estão dispostos um na sequência do outro, como não pode se intercalar em suas fileiras, tudo fica confuso no exército e ele cai facilmente na maior desordem. Embora esses exércitos estejam divididos em três destacamentos, a vanguarda, o corpo de combate e a retaguarda, essas divisões só servem durante a marcha ou no acampamento. Mas, no combate, o exército inteiro ataca ao mesmo tempo e espera ter êxito num só golpe de sorte.

Luigi – Tenho outra observação a fazer. Em tua batalha, a cavalaria, rechaçada pela cavalaria inimiga, retirou-se ao abrigo dos lanceiros extraordinários e, com seu auxílio, deteve o inimigo e o derrotou. Acho até que os lanceiros possam socorrer a cavalaria, como dizes, mas somente em batalhões sólidos e compactos, como aqueles dos suíços. Mas, em teu exército, não tens na frente senão cinco fileiras de lanceiros e sete nos flancos e não vejo como possam estar em condições de socorrer a cavalaria.

Fabrizio – Embora já tenha explicado que na falange macedônia somente seis fileiras podiam agir ao mesmo tempo, é preciso saber ainda que, num batalhão de suíços, seja ele composto de mil fileiras de profundidade, não há senão quatro ou cinco fileiras no máximo que podem agir. De fato, as lanças, com um comprimento de nove braças, ocupando a mão uma braça e meia, só resta de espaço livre para a primeira fileira sete braças e meia de lança; a segunda fileira, além da parte ocupada pela mão, perde uma braça e meia com o intervalo que separa uma fileira de outra, sobrando-lhe somente, portanto, seis braças de lança; pela mesma razão, sobram somente quatro braças e meia para a terceira fileira; três braças à quarta fileira e uma e meia à quinta. As outras fileiras não podem levar nenhum golpe e só servem para substituir as primeiras fileiras, como dissemos, e servir-lhes de reforço. Se cinco fileiras dos suíços detêm a cavalaria, por que as nossas não poderiam fazê-lo, porquanto têm atrás de si outras fileiras que as socorrem e lhes servem de apoio, embora não tenham lanças? Quanto às fileiras de lanceiros extraordinários que disponho nos flancos do exército e que vos parecem demasiado reduzidos, é fácil formar com eles um batalhão quadrado que seria colocado nos flancos dos dois batalhões da última linha de batalha, de onde poderiam facilmente transferir-se para a vanguarda ou para a retaguarda do exército e socorrer a cavalaria, se houvesse necessidade.

Luigi – Manterias sempre a mesma ordem de batalha em todas as ocasiões?

Fabrizio – Não, sem dúvida. Eu a mudaria de acordo com a natureza do terreno e a espécie e o número dos inimigos, como vou mostrá-lo por meio de alguns exemplos antes do final desse colóquio. Eu tracei essa ordem de batalha, não como superior às demais, embora de fato seja excelente, mas para que sirva de modelo para diferentes disposições que se possa arquitetar. Não há ciência que não tenha seus princípios gerais, que são a base das diversas aplicações que deles se faz. O que eu quero somente inculcar com força é de nunca ordenar um exército de maneira que as primeiras fileiras não possam ser socorridas pelas últimas, pois semelhante erro torna inútil a maior parte do exército e torna impossível a vitória, se for encontrada alguma resistência.

Luigi – Quero expor uma ideia que me ocorreu a respeito disso. Em tua ordem de batalha, colocas cinco batalhões na frente, três no centro e dois na retaguarda. Eu acho que se deveria fazer exatamente o contrário e que um exército seria tanto mais dificilmente rompido, se o inimigo, na medida em que avançasse, encontrasse uma resistência mais vigorosa. Com teu sistema, porém, teu exército está posicionado de maneira mais vulnerável, uma vez que o inimigo pode penetrar muito mais dentro dele.

Fabrizio – Se te lembrares que os "triários" (veteranos na reserva) que compunham a terceira linha da legião romana não eram mais que seiscentos homens e de que maneira estavam em formação nessa terceira linha, tu te agarrarias um pouco menos a tua ideia. Foi de acordo com esse exemplo que coloquei na terceira linha dois batalhões que somam novecentos homens de infantaria, de modo que, querendo nisso imitar o povo romano, tirei das primeiras linhas muito antes que muito poucos de seus soldados. Esse exemplo poderia me bastar, mas quero comprovar isso. Conferi à primeira linha do exército solidez e compacidade porque é ela que suporta o choque do inimigo, que não recebe ninguém em suas fileiras e que deve ser por isso muito bem servida de soldados, pois fileiras vulneráveis ou separadas lhe tiraria toda a sua força. A segunda linha que, antes de suportar o choque do inimigo, está na situação de receber a primeira em suas fileiras, deve apresentar grandes intervalos e, por conseguinte, ser menos numerosa. Se seu número fosse igual ou superior ao da primeira, poder-se-ia ser obrigado a não deixar nenhum espaço, o que levaria à confusão, ou ultrapassar o alinhamento, o que resultaria numa ordem de batalha viciada.

Além disso, é um erro acreditar que quanto mais o inimigo penetra dentro da brigada, mais a encontra enfraquecida porque jamais poderá atacar a segunda linha, sem que essa já esteja fortalecida com a primeira. Assim, o centro, longe de ser mais vulnerável, opõe-lhe uma força maior, porquanto o inimigo tem de combater as duas primeiras linhas ao mesmo tempo. O mesmo ocorre quanto chega à terceira linha, pois aí, não é somente contra dois batalhões descansados, mas contra a brigada inteira que tem de combater. Essa terceira linha, devendo receber um maior número de soldados que recuam, deve ser ainda menos numerosa e apresentar maiores intervalos.

Luigi – Estou plenamente satisfeito com essa explicação. Permite-me, porém, mais uma pergunta. Como pode ser viável que os cinco primeiros batalhões que se retiram nos três da segunda linha e a seguir os oito nos dois da última linha sejam, num e noutro caso, contidos no mesmo espaço dos cinco primeiros?

Fabrizio – Em primeiro lugar, não é o mesmo espaço, porquanto os cinco primeiros batalhões estão separados entre si por intervalos que ocupam quando se reúnem à primeira ou à segunda linha. Resta ainda o espaço que separa uma brigada da outra e dos batalhões, dos lanceiros extraordinários. Todos esses intervalos oferecem uma extensão bastante grande. Por outro lado, os batalhões não ocupam o mesmo espaço quando estão em suas fileiras, antes do combate, ou quando sofreram perdas, pois, então, eles tendem a abrir ou a cerrar suas fileiras. Eles as abrem quando o temor os força a debandar e as cerram quando procuram se salvar, não na fuga, mas numa heroica resistência. Não te esqueças, finalmente, que as cinco primeiras fileiras de lanceiros, quando o combate tiver iniciado, devem retirar-se através de seu batalhão até a retaguarda do exército, para deixar o campo de batalha aos escudeiros e que, então, embora inúteis no embate corpo a corpo, podem ser empregados de maneira útil pelo general. Assim, os espaços que se havia preparado para todas as fileiras podem muito bem conter o resto dos soldados. Se, no entanto, não forem suficientes, os flancos do exército não são muralhas, mas homens, e podem se alargar e afastar, deixando todo o espaço necessário.

Luigi – As fileiras dos lanceiros extraordinários, que colocas nos flancos do exército, devem, quando os primeiros batalhões se retiram nos segundos, permanecer em seus postos, formando assim como duas pontas do exército, ou devem retirar-se ao mesmo tempo que os batalhões? E então, que teriam de fazer, porquanto não têm atrás deles fileiras distantes umas das outras que os possam receber?

Fabrizio – Se o inimigo não os atacar, quando força os batalhões à retirada, podem permanecer em seus postos e combater o inimigo pelo flanco. Mas, se os atacar, o que se deve supor, porque é bastante forte para rechaçar os outros batalhões, devem também se retirar. Nada lhes é mais fácil, embora não tenham atrás deles fileiras que os possam receber. É preciso que, da metade das fileiras para frente, dupliquem-se em linha reta, uma entrando na outra, como explicamos quando falamos da maneira de duplicar as fileiras. Deve-se observar que, para bater em retirada duplicando-se em linha reta, deve-se seguir uma marcha diferente daquela que mostrei. Eu disse que a segunda fileira entrava na primeira, a quarta na terceira e assim por diante. Agora não se deveria começar pelas primeiras fileiras, mas pelas últimas, de maneira que, ao se duplicarem, retirassem-se em vez de avançar.

De resto, para responder de antemão a todas as objeções que pudesses me apresentar ainda sobre minha batalha, repito que, em tudo o que acabo de dizer, não tive senão dois objetivos em mente, ensinar a organizar um exército e a treiná-lo. Quanto à ordem de batalha, acredito que vós todos compreendestes muito bem. Quanto aos exercícios, deveis reunir o máximo possível vossos batalhões, a fim de que seus oficiais aprendam a treiná-los nessas manobras de que acabamos de falar.

Se o dever do soldado é de conhecer todos os exercícios do batalhão, aquele do oficial é de saber todas as manobras gerais do exército e de se instruir para bem executar as ordens do general. Deve saber dispor em formação conjunta diversos batalhões ao mesmo tempo e escolher seus postos num instante. Para tanto, cada batalhão deve trazer de modo visível um número diferente. Esse número facilita a transmissão das ordens do general e fornece mais meios a ele e aos soldados de se reconhecerem mutuamente. As brigadas também devem trazer um número em seu estandarte principal. Deve-se, portanto, saber muito bem tanto o número da brigada, colocada à esquerda ou à direita, como aquele dos diversos batalhões, dispostos na vanguarda, no centro e assim por diante.

Números devem igualmente servir de sinal e de escalão para os diferentes graus do exército. O primeiro grau, por exemplo, seria o decurião. O segundo, o comandante dos cinquenta *vélites* ordinários. O terceiro, o centurião. O quarto, o comandante do primeiro batalhão. O quinto, o comandante do segundo batalhão. O sexto, o comandante do terceiro batalhão, e assim por diante até o décimo batalhão, cujo comandante estaria logo abaixo do comandante da brigada. Não se poderia chegar a esse último grau sem ter passado por todos os outros. Como temos, além desses diferentes oficiais, três comandantes de lanceiros extraordinários e dois de *vélites* extraordinários, eu lhes conferiria o grau de comandante de primeiro batalhão e não me importaria muito em ter seis oficiais do mesmo grau, porque só instalaria maior emulação para merecer o segundo batalhão. Assim, cada oficial, conhecendo bem o posto de seu batalhão, quando o estandarte for fixado, ao primeiro som da trombeta, todo o exército estaria a postos. Assim, é preciso que um exército treine frequentemente a colocar-se em formação rapidamente no campo de batalha e, para isso, é preciso, cada dia e mesmo várias vezes por dia, treiná-lo a se dispersar e a entrar em formação logo em seguida. Esse é o primeiro exercício.

Luigi – Além do número, que sinal colocarias no estandarte?

Fabrizio – O estandarte principal deve trazer as armas do soberano, os outros podem trazer as mesmas armas variando o campo ou variando até as armas, como for do agrado. Tudo isso é bastante indiferente, conquanto os estandartes possam servir de sinal de reagrupamento. Vamos, porém, a nosso segundo exercício. Quando o exército está formado em ordem de batalha, que se habitue a colocar-se em movimento e a marchar com um passo cadenciado, conservando as fileiras.

O terceiro exercício tem por objeto colocar o exército em formação para todas as manobras de uma batalha. Que a artilharia, após uma primeira descarga, retire-se para a retaguarda. Que logo avancem os *vélites* extraordinários e que se retirem após um combate simulado. Que os primeiros batalhões, como se fossem rechaçados, retirem-se nos intervalos da segunda linha e finalmente na terceira e que, de lá, cada um volte a seu posto. É preciso que o exército se acostume de tal modo a todas essas manobras que se tornem familiares a seus soldados e é uma vantagem que a prática lhes dará logo.

Com o quarto exercício, o exército deve aprender a conhecer o comando por meio da música e do estandarte, pois os comandos transmitidos de viva voz não têm necessidade de outro meio de comunicação para serem entendidos. Mas, como é pela música que o comando que não foi transmitido pela voz adquire uma verdadeira importância, creio que devo falar da música militar dos antigos. Os lacedemônios, segundo Tucídides, empregavam a flauta. Acreditavam que seus sons eram os mais apropriados para fazer seu exército marchar com calma e cadência. Os cartagineses, por essa mesma razão, usavam o sistro no início do combate. Aliates, rei da Lídia, havia introduzido em seu exército a flauta e o sistro, mas Alexandre Magno e os romanos se serviam do corne e da trombeta. Achavam que esses instrumentos inflamavam mais a coragem dos soldados e os incitavam mais ao combate. Quanto a nós, que imitamos gregos e romanos em nossas armas, haveremos de imitá-los também na distribuição de nossos instrumentos. Colocaria, portanto, perto do general em chefe todas as trombetas. Esse instrumento é o mais apropriado para excitar o exército e se torna mais audível no meio do mais violento barulho. Junto dos comandantes de batalhão e dos comandantes de brigada, colocaria flautas e tamborins que deveriam tocar, não como em nossos exércitos atuais, mas como numa festa. O general em chefe faria saber pelos diferentes sons das trombetas quando seria necessário parar, avançar ou recuar, quando seria preciso abrir fogo com a artilharia ou avançar os *vélites* extraordinários e, enfim, todas as manobras gerais do exército. Os tambores repetiriam esses diversos comandos e, como esse exercício é muito importante, precisaria executá-lo muitas vezes. A cavalaria teria igualmente trombetas, mais suaves, porém, e com um som diferente daquelas do general. Isso é tudo, finalmente, o que tenho a dizer sobre a ordem de batalha e os diversos exercícios do exército.

Luigi – Tenho somente mais uma observação a fazer. A cavalaria ligeira e os *vélites* extraordinários dão início ao combate com furor e soltando grandes gritos, enquanto o resto do exército marcha contra o inimigo em grande silêncio. Peço que me expliques a razão dessa diferença que não entendo muito bem.

Fabrizio – Os antigos capitães pensavam diversamente a respeito dessa questão. Deve-se, ao entrar no embate corpo a corpo, correr contra o inimigo soltando grandes gritos ou marchar lentamente e em silêncio? Esse último método conserva melhor as fileiras e permite entender melhor as ordens do general. O outro inflama mais o ardor dos soldados. E como essas são duas vantagens importantes, mandei uns marchar soltando gritos e os outros em silêncio. Não acho que os gritos continuados sejam úteis, pois podem impedir de ouvir os comandos, o que não deixa de ser um grande perigo. Não é de supor que os romanos continuassem a soltar gritos depois do primeiro choque. Observa-se, muitas vezes, na história, as exortações e os discursos dos generais recuperar o soldado já em fuga e muitas vezes mudar a ordem de batalha no meio do combate, o que teria sido impossível se os gritos do exército tivessem sufocado a voz do general.

Livro IV

Luigi – Visto que uma vitória tão honrosa acaba de ser conquistada sob minhas ordens, acho que não é prudente tentar uma vez mais a sorte. É por demais móvel e muito caprichosa. Assim, abdico do questionamento por minha vez e, querendo seguir nossa regra que remete ao mais jovem minhas funções, deixo a Zanobi o encargo de te dirigir as perguntas. É uma honra, melhor dizendo, uma pena que aceite de boa vontade. Primeiro, para me agradar e, em seguida, porque ele é naturalmente mais corajoso que eu. Não deverá ter receio de assumir essa função, embora corra o risco de sair vencido ou vencedor.

Zanobi – Farei o que quiseres, embora tivesse preferido ficar como simples ouvinte, pois confesso que preferia mesmo tuas perguntas que todas aquelas que me vinham em mente, escutando vosso colóquio. Mas, senhor Fabrizio, estamos te fazendo perder tempo. Nossas desculpas por te importunar com todos os nossos cumprimentos.

Fabrizio – Pelo contrário, sinto grande prazer em estar convosco, contrapondo-vos também perguntas. Com isso, aprendo a conhecer vossas disposições e vossas diferentes inclinações. Mas, tens algumas observações a fazer sobre o assunto que acabamos de tratar?

Zanobi – Tenho duas coisas a perguntar, antes que prossigas. Primeiro, conheces alguma outra maneira de dispor em formação um exército? Segundo, que precauções deve tomar um general antes de iniciar o combate e que deve fazer quanto, no meio da ação, ocorre algo imprevisto?

Fabrizio – Vou procurar deixar-te satisfeito. Previno-te, porém, que não vou responder tuas duas perguntas em separado porque muitas vezes o que vou dizer sobre uma pode aplicar-se à outra. Já repeti que propus uma ordem de batalha que admite todas as modificações, segundo o requerem a natureza do inimigo ou a do terreno, porque é sempre o inimigo e o terreno que devem determinar as disposições. Não se deve esquecer que nada é mais perigoso do que conferir uma frente muito ampla ao exército, a menos que se disponha de forças muito numerosas e muito seguras. Deve-se preferir a ordem profunda e pouco extensa à ordem comprida e estreita. Quando se tiver forças inferiores àquelas do inimigo, deve-se procurar, em outra parte compensações, apoiando-se contra um rio ou um pântano para não ser envolvido ou cobrir-se de fossos, como César fez na Gália.

Em geral, deve-se abrir-se ou cerrar-se, de acordo com o número das próprias forças ou daquelas do inimigo. Se o inimigo é inferior, deve-se procurar planícies extensas, sobretudo com tropas bem treinadas, não somente para o envolver, mas para desdobrar as próprias fileiras com liberdade. Nos lugares ásperos e difíceis, onde não se pode manter as fileiras, não se leva vantagem alguma de sua compacidade. Por isso, os romanos preferiam sempre as planícies e se afastavam dos terrenos desiguais. Mas, se as tropas são pouco numerosas e mal treinadas, deve-se escolher posições em que se possa tirar vantagem da própria inferioridade ou de não ter nada a temer por sua inexperiência. Deve-se também procurar ocupar o local mais elevado, a fim de cair sobre o inimigo com maior violência. Deve-se tomar cuidado, no entanto, para jamais posicionar o exército ao pé de uma montanha ou num local que lhe seja próximo porque, se o inimigo ocupar esse ponto, sua artilharia, desde esse posto superior, pode causar grandes danos e não há meio algum de se defender.

Procure-se ainda que, ao dispor o exército, o sol ou o vento não batam de frente, pois perturbam a visão, um por seus raios e o outro pela poeira que levanta diante do exército. Além disso, o vento prejudica o efeito das armas de tiro e amortece seus golpes. Quanto ao sol, não basta que bata de momento no rosto, é preciso ainda que não chegue até o exército, na medida em que o dia avança. Deve-se, pois, dispor o exército de maneira que lhe volte as costas e que passe muito tempo antes que o tenha diante do rosto. Foi uma precaução tomada por Aníbal, em Cannes, e por Mário, em sua batalha contra os cimbros.

Se a cavalaria for inferior, deve-se colocar o exército no meio de vinhedos ou bosques ou ainda no meio de obstáculos similares, como fizeram os espanhóis quando, há pouco tempo, bateram os franceses em Cerignola, no reino de Nápoles. Mudando assim de ordem de batalha e de campo de batalha, foi visto muitas vezes os mesmos soldados de vencidos tornarem-se vencedores. Como exemplo, podem ser mencionados os cartagineses que, derrotados diversas vezes por Regulus, obtiveram finalmente a vitória porque, seguindo o parecer do lacedemônio Xantipo, desceram à planície, onde a superioridade de sua cavalaria e de seus elefantes pôs os romanos em debandada.

Observei muitas vezes na história que os maiores generais da Antiguidade, após terem reconhecido o lado mais forte do exército inimigo, opuseram-lhe quase sempre seu lado mais fraco e assim seu lado mais forte ao lado mais franco do inimigo. Ao dar início à ação bélica, recomendavam a seu lado mais forte de suportar somente o choque do inimigo sem rechaçá-lo e o seu lado mais fraco de fugir e se retirar para a última linha. Disso resultavam dois efeitos muito embaraçosos para o inimigo. Primeiro, seu lado mais forte se encontrava envolvido; em seguida, estando certos da vitória, raramente não ocorria de a desordem se difundir em suas fileiras, acarretando sua ruína.

Cipião, movendo guerra na Espanha contra Asdrúbal, colocava geralmente no centro de seu exército as legiões que formavam suas melhores tropas. Sabendo, porém, que Asdrúbal, informado dessa ordem de batalha, queria imitá-lo, no momento da batalha mudou toda essa disposição e colocou suas legiões nos flancos e no centro dispôs suas piores tropas. Quando o embate foi travado, ordenou ao centro de avançar lentamente e aos flancos de marchar com rapidez sobre o inimigo. Assim, somente as duas alas combateram, porque os dois centros estavam distantes demais para se alcançarem e as tropas de Cipião, lutando contra as mais fracas de Asdrúbal, o primeiro conquistou uma vitória total.

Esse estratagema era então muito útil, mas hoje seria funesto por causa da artilharia. Esse intervalo que separaria o centro dos dois exércitos dar-lhe-ia os meios de abrir fogo com grande vantagem. Já dissemos quanto se deve temer esse perigo. Deve-se, portanto, renunciar a isso e se limitar ao método que já propus para dar início à ação por todo o exército, fazendo ceder aos poucos o lado mais fraco.

Um general que, com forças superiores ao inimigo, quiser envolvê-lo sem que desconfie, conferirá a seu exército a mesma frente que o exército inimigo e, quando a ação tiver início, fará com que pouco a pouco seu centro recue e seus flancos se abram e o inimigo encontrar-se-á necessariamente envolvido sem se perceber.

Aquele que quiser entrar numa batalha com a certeza quase absoluta de que não será derrotado deverá escolher um local que lhe ofereça, a alguma distância, um refúgio quase seguro, atrás de um pântano ou nas montanhas ou ainda numa cidadela, pois, nesse caso, não pode ser perseguido pelo inimigo e conserva todos os meios de persegui-lo. Foi a vantagem que teve Aníbal quando a sorte começou a ficar contra ele e temia a coragem de Marcelo.

Muitos generais, para lançar a desordem nas fileiras inimigas, ordenaram a suas tropas leves de dar início ao combate, de se retirar em seguida nas fileiras e, quando os dois exércitos estivessem travando o combate e que a luta corpo a corpo era a mais completa, de sair pelos flancos e atacar assim o inimigo, o que provocava a desordem em seu exército e causava sua derrota. Quando a inferioridade na cavalaria é evidente, além dos expedientes de que falei, pode-se colocar atrás de seus esquadrões um batalhão de lanceiros e lhes ordenar de, no meio do combate, abrir uma passagem a esse batalhão. Essa manobra é garantia total de vitória. Outros, enfim, treinaram suas tropas leves para combater no meio da cavalaria que adquiria com isso uma grande superioridade.

De todos os generais, os mais elogiados pela disposição de seu exército no dia da batalha foram Aníbal e Cipião quando combateram na África. Aníbal, cujo exército era composto de cartagineses e de auxiliares de diferentes nações, colocou na primeira linha oitenta elefantes, depois os auxiliares, que eram seguidos de cartagineses e finalmente os italianos, de quem ele desconfiava. Esses foram seus motivos: colocava seus auxiliares na frente porque, tendo o inimigo de frente e detidos atrás pelos cartagineses, toda fuga lhes era impossível e que, forçados a combater, deviam necessariamente rechaçar ou ao menos cansar os romanos e pensava então que suas tropas descansadas e cheias de ardor não teriam dificuldade em vencer um inimigo já cansado. Cipião dispôs, segundo o costume usual, os lanceiros, os príncipes e os "triários" (veteranos da reserva) para se receberem em suas fileiras uns aos outros, dando-se apoio mútuo, e deixou grande número de intervalos em seu primeiro destacamento de batalha. Mas, para que o inimigo não percebesse isso e acreditasse mesmo que suas fileiras eram compactas, preencheu esses intervalos de *vélites*, recomendando-lhes de se retirarem com a aproximação dos elefantes nos intervalos usuais das legiões e de lhes deixar uma passagem livre. Assim, tornou inútil toda a impetuosidade desses animais e, no embate corpo a corpo, conquistou a vitória.

Zanobi – Tu me lembraste, ao falar dessa batalha, que Cipião, durante o combate, não mandou entrar os lanceiros nas fileiras dos príncipes, mas quando quis que esses combatessem, ordenou aos lanceiros de se abrir e de se retirar nos flancos do exército. Gostaria que me explicasses por que ele se afastou nessa ocasião do uso habitual?

Fabrizio – Com prazer. Aníbal havia colocado toda a força de seu exército na segunda linha. Cipião, querendo opor-lhe uma força outro tanto imponente, reuniu os príncipes e os veteranos da reserva. Esses, ao ocuparem os intervalos das fileiras da segunda linha, o posto dos lanceiros estava tomado. Precisou, então, abrir as fileiras desses e transferi-los para os flancos do exército. De resto, observa bem que essa manobra de abrir a primeira linha para dar lugar à segunda não pode ter lugar senão quando se está em vantagem. Então pode ser executada a bel-prazer, como fez Cipião. Mas, se é feita quando se leva desvantagem e que se é rechaçado, infalivelmente se instala a desordem. Deve-se, pois, poder entrar na segunda linha. Vamos voltar, porém, a nosso assunto.

Os antigos povos da Ásia, entre outras armas ofensivas, empregavam carros armados de lâminas de gadanho nas laterais. Sua impetuosidade abria as fileiras inimigas e as lâminas matavam tudo o que se encontrasse em sua passagem. Os meios de defesa contra esses carros era a compacidade das fileiras ou deixando-lhes livre a passagem, como aos elefantes, ou por algum outro meio peculiar. Tal foi o meio que empregou Silas contra Arquelau que possuía grande número desses carros armados de lâminas. Silas, para se proteger, mandou fincar atrás de suas primeiras fileiras muitas estacas que, detendo esses carros, faziam com que perdessem toda a sua impetuosidade. Deve-se observar que Silas, nessa ocasião, dispôs seu exército de uma maneira nova. Colocou na retaguarda os *vélites* e a cavalaria e, na frente, os soldados com armas pesadas, mas deixando em suas fileiras intervalos suficientes para que esses, na necessidade, pudessem avançar. Deu início ao combate e, por meio de sua cavalaria, a qual, no meio da ação, abriu uma passagem, conquistou a vitória.

Se, durante o combate, quiseres lançar a confusão no exército inimigo, precisa, então, provocar algum acontecimento próprio para apavorá-lo ou anunciar a chegada de novos reforços ou arquitetar algum artifício que lhe mostre a aparência, de modo que, enganado por essa falsa demonstração, apavore-se e abra mais facilmente campo para a vitória. Foi um meio empregado pelos cônsules Minucius Rufus e Acilius Glabrio. Sulpício mandou os servos do exército montar em burros e outros animais inúteis para o combate, os dispôs de maneira a representar um destacamento da cavalaria e lhes ordenou aparecer no alto de uma colina, enquanto ele estivesse travando combate com os gauleses, o que lhe assegurou a vitória. Mário imitou esse exemplo, quando de sua batalha contra os teutônicos.

Se os ataques simultâneos são muito úteis no meio de um combate, pode-se levar maior vantagem ainda dos verdadeiros combates, sobretudo quando, de improviso, se cai sobre a retaguarda ou sobre os flancos do inimigo. Mas, esse meio é difícil, se não houver ajuda do terreno. Estando numa área aberta, é impossível esconder uma parte das tropas, como quase sempre o exigem semelhantes estratagemas. Pode-se facilmente fazer isso numa região de bosques ou de montanhas e, por conseguinte, própria para emboscadas. Então, de improviso, cair rapidamente sobre o inimigo é contar quase sempre com o sucesso.

Às vezes é muito importante, no meio da ação, espalhar o boato da morte do general inimigo ou a derrota de parte de suas tropas. Esse foi, muitas vezes, um meio de garantir a vitória. Pode-se facilmente semear a desordem na cavalaria inimiga, surpreendendo-a com um fato novo ou por meio de gritos inesperados, como Creso enfrentou com camelos a cavalaria de seus inimigos e como Pirro, que fez avançar elefantes contra aquela dos romanos que debandou à simples vista de seu aspecto. Em nossos dias, os turcos venceram o sofeno da Pérsia e o sultão da Síria somente com o barulho da fuzilaria, cujo barulho inabitual lançou a desordem em sua cavalaria e assegurou a vitória aos turcos. Os espanhóis, para vencer Amílcar, colocaram na frente de seu exército carros puxados por bois e cheios de estopa; no momento de entrar em combate, atearam fogo nos carros. Os bois, para fugir das chamas, precipitaram-se sobre os cartagineses e lançaram a desordem em suas fileiras. Muitos generais armam ciladas ao inimigo, como já dissemos, quando a região é própria para emboscadas. Pode-se também, numa região plana e aberta, cavar fossos que são cobertos ligeiramente com terra e musgo, deixando intervalos entre eles. Quando é travado o combate, os próprios soldados são conduzidos com segurança pelos intervalos e o inimigo, incitado na perseguição, cai nesses fossos e se perde.

Se durante a ação ocorre algo próprio que possa assustar os soldados, deve-se ocultá-lo com cuidado ou, se for possível, tirar proveito disso, como fizeram Tullus Hostilius e Silas. Este, ao ver, no meio do combate, que parte de suas tropas havia passado para o lado do inimigo e que todo seu exército havia ficado apavorado com isso, fez passar a informação que todas as suas tropas obedeciam unicamente a suas ordens. O exército, então, longe de ficar perturbado com o ocorrido, tomou mais coragem ainda e acabou por cantar vitória. O mesmo Silas, tendo encarregado algumas tropas para uma expedição em que haviam perecido, para prevenir os temores de seu exército, declarou que as havia enviado propositadamente no meio do inimigo porque estava certo de sua perfídia. Sertório, no meio de um combate que sustentava na Espanha, matou um dos seus que vinha lhe anunciar a morte de um de seus generais, para que, com essa notícia, não acabasse espalhando o alarme no resto do exército.

O que há de mais difícil é reagrupar um exército em fuga e reconduzi-lo ao combate. Deve-se observar bem se está em debandada por inteiro, sendo então impossível de reagrupá-lo, ou se uma só parte se pôs em fuga, o que tem remédio. Muitos generais romanos, para parar seu exército em fuga, precipitaram-se na frente dos fugitivos, deixando-os envergonhados por sua covardia. Silas, entre outros, vendo parte de suas legiões postas em fuga pelo exército de Mitridates, correu na frente deles, empunhando a espada e gritando: "Se alguém vos perguntar onde abandonastes vosso general, devereis responder: 'Nós o abandonamos, combatendo nos campos de Orcomenes.' " Atilius Regulus mandou avançar contra seus soldados em fuga aqueles que haviam ficado em seus postos e mandou dizer-lhes que, se não retornassem ao combate, seriam mortos tanto pelos romanos como pelos inimigos. Filipe, rei da Macedônia, percebendo o pavor que inspiravam os citas a suas tropas, colocou na retaguarda de seu exército um destacamento da cavalaria com o qual contava, ordenando-lhe que matasse todos os fugitivos. E esse exército, preferindo morrer combatendo do que fugir, conquistou a vitória. Finalmente, vários generais romanos, nem tanto para impedir que seu exército fugisse, mas para dar-lhe oportunidade de desdobrar-se com maior intrepidez, tomaram um estandarte no meio do combate e o lançaram no meio das fileiras inimigas, prometendo uma recompensa para quem fosse buscá-lo.

Acredito que não é fora de propósito falar aqui das sequelas do combate. Pouco, aliás, teria a dizer sobre o assunto que é digno de atenção e que tem naturalmente relação com o objeto atual de nosso colóquio. Pode-se vencer ou ser vencido. No primeiro caso, deve-se perseguir a vitória com a maior rapidez e imitar nisso César e não Aníbal que, por ter-se detido em Cannes depois de vencer os romanos, perdeu a oportunidade de se apoderar de Roma. César, ao contrário, não descansava um instante após a vitória e perseguia seu inimigo com mais furor e impetuosidade do que havia utilizado no momento do combate. No segundo caso, um general deve examinar se não pode tirar alguma vantagem de sua derrota, sobretudo quando lhe resta alguma parte de seu exército. Pode-se aproveitar, então, a negligência do inimigo que, frequentes vezes após a vitória, entrega-se a uma confiança cega que fornece os meios para atacá-lo com êxito. Márcio destruiu desse modo os exércitos cartagineses que, após a morte dos dois Cipião e da derrota de seus exércitos, não tinham mais qualquer desconfiança dos restos desses exércitos reunidos sob seu comando. Mas, logo se viram atacados por Márcio e obrigados, por sua vez, a pôr-se em fuga. Nada é mais fácil do que um plano que o inimigo acredita estar fora de cogitação para ser executado e é do lado que acha que tem menos a temer que é, com maior frequência, atacado.

Um general que não pode usar semelhante recurso deve procurar ainda, contudo, com o maior cuidado, para tornar sua perda menos funesta. Haverá de procurar, portanto, tirar do inimigo os meios de persegui-lo ou espalhará o maior número de obstáculos que puder em seu caminho. Alguns, prevendo a derrota, após terem estabelecido um local de reagrupamento, ordenavam a seus generais que fugissem para diversos pontos e por caminhos diferentes. O inimigo, receando dividir seu exército, deixava-os retirar-se em segurança a todos eles ou, pelo menos, a maior parte deles. Outros jogaram diante do inimigo seus pertences mais preciosos, a fim de que, retardando-o por sua ganância pelo saque, desse-lhes mais tempo para a fuga. Titus Dimius usou de um estratagema peculiar para esconder a derrota que havia sofrido numa batalha. Depois de ter combatido até o cair da noite, com uma grande perda de seus homens, mandou enterrar durante a noite a maior parte de seus mortos. O inimigo, ao perceber pela manhã tantos homens mortos de seu lado e tão poucos do lado dos romanos, achou que havia perdido a batalha e deu-se à fuga.

Acredito ter respondido em grande parte a tua pergunta. Falta falar da formação que se deve dar a um exército em dia de batalha. Vários generais lhe deram a forma de uma espécie de cone, acreditando poder, por essa disposição, mais facilmente abrir o exército inimigo. A esse cone foi preferida por alguns a forma de tesoura para recebê-lo em sua abertura, envolvê-lo e combatê-lo de todos os lados. A propósito, quero recomendar uma máxima geral: fazer voluntariamente o que o inimigo quer que se faça, pois assim se procederá com ordem, tirando as próprias vantagens e prevenindo-se contra as do inimigo; ao contrário, agindo forçadamente, a perda é certa. Para apoiar essa máxima, não recearia repetir os exemplos que já mencionei. Se o inimigo forma um cone para abrir as fileiras do adversário, basta que este marche com suas fileiras abertas e acabará destruindo todas as posições do primeiro, tornando-se senhor da situação. Aníbal colocou elefantes na frente de seu exército para abrir as fileiras de Cipião. Este avança contra Aníbal com as fileiras abertas e assegura sua vitória e a derrota do primeiro. Asdrúbal coloca no centro de seu exército suas melhores tropas para destruir aquelas de Cipião. Este ordena a seu centro ceder ao inimigo e triunfa sobre Asdrúbal. Enfim, todas essas disposições extraordinárias são sempre a garantia de sucesso daquele que soube prevê-las.

Devo falar ainda de todas as precauções que um general deve tomar antes de se decidir pelo combate. Em primeiro lugar, nunca deve dar início a uma ação, a menos que perceba uma vantagem segura, a não ser que seja forçado pela necessidade. Encontra-se em vantagem quando ocupa um local mais favorável, quando tem tropas mais disciplinadas e mais numerosas. É forçado quando a inação acarreta necessariamente sua ruína, seja por falta de dinheiro, o que poderia levá-lo a temer a deserção de seu exército, seja porque está pressionado pela falta de víveres ou que o inimigo esteja esperando a qualquer momento novos reforços. Em todos esses casos, deve-se sempre combater, mesmo com uma desvantagem clara, porquanto é melhor tentar a sorte que, apesar de tudo, pode ainda ser favorável, do que esperar pela indecisão uma ruína certa. Um general então é tão culpado por não combater como por deixar escapar, em qualquer outra circunstância, a oportunidade de vencer, por ignorância ou por falta de ação.

Muitas vezes, é o próprio inimigo que oferece vantagens, muitas vezes é a própria habilidade que conta. Aconteceu, às vezes, que na passagem de um rio um exército tenha sido derrotado por um inimigo vigilante que o atacou no exato momento em que se encontrava dividido em duas partes pelo rio. Assim é que César destruiu um quarto do exército dos helvécios. Se o inimigo estiver cansado para continuar sua perseguição com muito ímpeto, não se pode desperdiçar essa ocasião de atacá-lo, desde que as próprias tropas estejam descansadas e dispostas. Muitas vezes, o inimigo se apresenta para o embate de madrugada. Nesse caso, é preciso adiar o mais possível a saída do próprio acampamento. Quando ele já tiver ficado longo tempo com armas a postos e que, nessa longa espera, já perdeu seu primeiro ardor, então é o momento de dar início ao combate. Foi o que fizeram, na Espanha, Cipião e Metellus, um contra Asdrúbal e o outro contra Sertório. Se o inimigo diminuiu suas forças, dividindo seu exército, como fizeram os Cipião na Espanha, ou por qualquer outro motivo, é precisamente o momento em que se deve atacar.

A maioria dos generais prudentes preferiu receber o choque do inimigo que marchar contra ele para atacá-lo com impetuosidade. Quando homens duros e firmes suportarem com vigor esse primeiro furor, essa impetuosidade descamba quase sempre para o desânimo. Fábio recebeu assim os samnitas e os gauleses e foi vencedor, enquanto Décio perdeu a vida por uma conduta contrária. Outros generais, achando que havia o que temer do poderio do inimigo, só começaram o combate quase ao cair da noite para poder, em caso de derrota, retirar-se favorecidos pelas trevas. Alguns, por fim, sabendo que o inimigo não iria combater em tal dia por algum motivo supersticioso, escolheram precisamente esse dia para entrar em combate. Foi assim que César e Vespasiano atacaram, o primeiro, Ariovisto na Gália, e o segundo, os judeus na Síria.

O que há de mais útil e de mais importante para um general é ter sempre junto dele alguns homens seguros, esclarecidos e de grande experiência que lhe sirvam de conselheiros e que o mantenha informado sem cessar a respeito de seu exército e daquele do inimigo. Juntos e com cuidado, deverão examinar de que lado está a superioridade em número, em armas, na cavalaria e na disciplina; quais são as tropas mais resistentes aos esforços, quais merecem mais confiança, tanto da cavalaria como da infantaria; qual é a natureza do terreno que ocupam; se é mais ou menos favorável ao inimigo; qual dos dois exércitos consegue víveres com mais facilidade; se é vantajoso adiar ou dar início ao embate; o que se pode esperar ou temer ao prolongar a duração da guerra, porque muitas vezes, nesse último caso, os soldados desanimam e desertam, cansados pelos esforços e pelo tédio. O que importa, sobretudo, conhecer é o general inimigo e seus auxiliares, se ele é temerário ou reservado, tímido ou empreendedor e quanto se pode confiar enfim em seus auxiliares. Mas, o que se deve observar com o maior cuidado é nunca conduzir um exército para o combate quando subsistir no mesmo a mínima dúvida da vitória. Nunca se é vencido com tanta certeza, senão quando se tem medo de não vencer. Deve-se, então, evitar a batalha, imitar Fábio que, ao escolher lugares escarpados, tirou de Aníbal todo meio de avançar para atacá-lo, ou, temendo que o inimigo avance mesmo nesses lugares, deixar a campanha e distribuir as tropas pelas praças fortes, a fim de cansar o inimigo pelo assédio.

Zanobi – Não se pode evitar o combate de outro modo do que distribuindo o exército em praças fortes?

Fabrizio – Acho que já disse que, enquanto se permanecer no campo, não se pode evitar de entrar em combate quando se tem pela frente um inimigo que quer o combate a qualquer preço. Não haverá outro meio, então, senão o de se manter sempre ao menos a cinquenta milhas dele, para ter tempo de levantar acampamento, quando ele estiver marchando contra. Deve-se observar que Fábio não fugia do combate contra Aníbal, mas só o queria quando tivesse vantagem, e Aníbal não achava que podia vencê-los nos lugares que havia escolhido, pois se estivesse certo da vitória, Fábio teria sido forçado a combater e pôr-se em fuga. Filipe, rei da Macedônia, pai de Perseu, na guerra contra os romanos, havia sediado seu acampamento no topo de alta montanha para evitar o combate. Mas, os romanos foram atacá-lo no alto dessa montanha e o derrotaram. Vercingetórix, general dos gauleses, não querendo entrar em combate com César que, contra sua expectativa, atravessou um rio que até então os separava, tomou a decisão de se afastar várias milhas com seu exército. Os venezianos de nossa época deveriam ter seguido esse exemplo e não esperar que o exército francês passasse o rio Adda, porquanto estavam decididos em não entrar em combate. Perderam tempo em inúteis adiamentos, não souberam aproveitar a ocasião do combate quando o exército passou o rio, nem se afastaram a tempo e os franceses, marchando sobre eles no momento em que levantavam acampamento, atacaram-

-lhes e os derrotaram completamente. Repito, não se pode evitar uma batalha quando o inimigo a quer a qualquer preço. Não me venham relembrar Fábio que então não evitava tanto a batalha quanto Aníbal. Ora os soldados estão ansiosos para entrar em combate, mas o número e a posição do inimigo levam a temer uma derrota, acontecendo que se é forçado a fazer-lhes perder esse ânimo; ora a necessidade e as circunstâncias obrigam a dar combate, mas os soldados estão sem confiança e pouco dispostos para a batalha. No primeiro caso, deve-se acalmá-los e, no segundo, inflamá-los. Para acalmá-los, quando os discursos não forem suficientes, não há outra solução do que sacrificar alguns ao inimigo e, então, aqueles que entraram em ação como aqueles que não participaram do combate ficarão convencidos. Pode-se imitar premeditadamente o que aconteceu por acaso a Fábio. Seu exército, como se sabe, tinha uma vontade incontrolável de combater Aníbal. O comandante da cavalaria compartilhava dessa vontade, mas Fábio achava que não podia arriscar entrar em combate. Finalmente, essa dissensão fez com que o exército se dividisse entre os dois. Fábio ficou em seu acampamento, enquanto o comandante da cavalaria dava início ao combate, no qual correu tão grandes perigos e teria sido derrotado se Fábio não tivesse vindo em seu socorro. Esse exemplo serviu para convencê-lo, bem como a todo o exército, da importância de confiar em Fábio.

Se, pelo contrário, quiser incitar-se os soldados ao combate, deve-se irritá-los contra o inimigo, repetindo-lhes as palavras ultrajantes que esse vomitou contra eles, persuadi-los de que foi feita espionagem no acampamento dele, conseguindo informações secretas, e que parte do exército dele se vendeu em favor deles. Deve-se acampar à vista de seu acampamento, fazer repetidas vezes ligeiras escaramuças. As coisas que são vistas continuamente não inspiram mais tanto medo. Deve-se mostrar, enfim, uma viva cólera e, num discurso preparado para isso, criticar o desinteresse deles, assegurar-lhes, para que tenham vergonha de si mesmos, que, como não querem seguir o comando, quem fala irá sozinho enfrentar o inimigo. Se se quiser que os soldados se encarnicem no combate, deve-se ter cuidado, sobretudo, de não lhes permitir que, ao final da guerra, mandem para casa seu espólio de guerra ou que o depositem em qualquer outro lugar seguro. Pressentem assim que, se a fuga salva a vida deles, não haverá de salvar o que possuem e, para defendê-lo, muitas vezes lutam com mais obstinação do que se tratasse de sua própria vida.

Zanobi – Acabas de dizer que se poderia incitar os soldados ao combate por meio de discursos. Mas, com isso te referes a falar a todo o exército ou somente aos oficiais?

Fabrizio – Fazer adotar ou rejeitar uma opinião a pequeno número de indivíduos não é muito difícil, pois, se as palavras não forem suficientes, usa-se a força e a autoridade. A verdadeira dificuldade consiste em destruir, no espírito da multidão, um erro funesto, contrário ao interesse público e aos próprios objetivos. Esse êxito só pode ser conseguido por um discurso que, se se quiser que todos fiquem persuadidos, deve ser ouvido por todos. Era preciso, portanto, que outrora os generais fossem oradores, pois se não se souber falar a todo um exército, é difícil esperar grande êxito. Esse é um talento que foi totalmente perdido hoje. Pode-se verificar na vida de Alexandre, quantas vezes ele foi obrigado a discursar a todo o seu exército. Sem essa vantagem, nunca teria conseguido conduzi-lo, carregado de preciosos despojos, pelos desertos da Índia e da Arábia, com tamanho cansaço e tantos perigos. Ocorrem sem cessar acidentes que podem levar à ruína um exército, se seu general não tiver o talento ou o hábito de falar. Por palavras, dissipa o temor, inflama a coragem, incita a obstinação, revela as trapaças do inimigo, oferece recompensas, mostra os perigos e os meios de evitá-los, repreende, exorta, ameaça, difunde a esperança, o elogio ou a crítica e emprega, enfim, todos os meios que impelem ou detêm as paixões dos homens. Uma república ou um monarca que quiser formar um exército e conferir-lhe seu antigo brilho deve, portanto, habituar seus soldados a escutar seu general e o general a falar a seus soldados.

Entre os antigos, a religião e o juramento que se obrigava os soldados a prestar antes de entrar no exército eram um poderoso meio de mantê-los sob ordens. Para cada falta, eram ameaçados, não somente pelos castigos que poderiam temer dos homens, mas ainda pela ira de Deus. Esse meio, fortalecido ainda por meio de todas as cerimônias religiosas, facilitou muitas vezes aos antigos capitães as maiores empresas e haveriam de produzir ainda hoje os mesmos efeitos, em qualquer lugar em que se conservasse o temor e o respeito pela religião. Assim é que Sertório persuadia seu exército que uma cerva lhe prometia a vitória da parte dos deuses. Por isso, Silas entrava em longos colóquios com uma imagem que havia tirado do templo de Apolo. Vários generais afirmaram que Deus lhes havia aparecido em sonhos para determiná-los a entrar em combate. Em nossos dias,

Carlos VII, rei da França, na guerra contra os ingleses, obedecia, segundo ele, em todos os seus empreendimentos, aos conselhos de uma jovem enviada por Deus, chamada em toda parte a menina da França, e que foi a causa de seus sucessos.

É útil ainda inculcar aos soldados o desprezo do inimigo. Por isso, Agesilau expôs aos olhos de seus soldados alguns persas nus, para que o espetáculo desses membros delicados lhes dessem a entender que homens desse tipo não eram feitos para assustar os espartanos. Outros generais impuseram a seus soldados a necessidade de combater não lhes deixando qualquer esperança de salvação, a não ser na vitória. Esse é o meio mais poderoso e mais seguro de tornar os soldados encarniçados no combate. Esse encarniçamento se deve a sua confiança, a seu apego ao general ou ao amor que a pátria lhes inspira. A confiança nasce neles por causa da superioridade de suas armas e de sua disciplina, de suas vitórias recentes, da grande consideração que têm por seu general. Quanto ao amor da pátria, é a natureza que o dá e um general conquista o apego deles por seus talentos e não por qualquer outro benefício. De resto, pode-se ter várias razões para combater com encarniçamento, mas a mais forte é aquela que obriga o soldado a vencer ou a morrer.

Livro V

Fabrizio – Falei sobre como se dispõe um exército para combater outro exército que vem contra em marcha, o que se deve fazer para vencê-lo e quais as diversas ocorrências que podem ter lugar nessa grande circunstância. Agora é o momento de descrever como se deve dispor um exército contra um inimigo que não está à vista, mas que se receia sem cessar que possa vir a cair sobre vós. Esse perigo ocorre quando se está em marcha num país inimigo ou suspeito.

O exército romano fazia sempre marchar diante dele alguns esquadrões de cavalaria para explorar o caminho. A ala direita vinha logo atrás, seguida de seus equipamentos. Depois, duas legiões, cada uma com seus equipamentos atrás dela e, finalmente, a ala esquerda, igualmente seguida de seus equipamentos e a marcha era fechada pelo resto da cavalaria. Se acontecesse que, durante a marcha, o exército fosse atacado na vanguarda ou na retaguarda, todos os equipamentos eram retirados para a esquerda ou para a direita ou ainda para o lado que o terreno permitisse. Cada soldado, então, livre de todos os seus equipamentos, enfrentava o inimigo. Se fosse atacado pelo flanco, os equipamentos eram retirados para o lado que oferecesse menor perigo e do outro se sustentava o ataque do inimigo. Essa ordem de marcha me parece sábia e digna de ser imitada.

Eu mandaria, portanto, minha cavalaria ligeira avançar para explorar a região. A seguir, poria em marcha minhas quatro brigadas em fila, uma após outra, cada uma seguida por seus equipamentos. Como esses equipamentos são de dois tipos, uns encarregados das bagagens dos soldados e outros, daquilo que pertence ao exército em geral, eu os dividiria em quatro comboios que seriam repartidos entre as quatro brigadas. Dividiria igualmente a artilharia e todos os homens sem defesa, a fim de que todos os destacamentos do exército tivessem a mesma parcela de equipamentos.

Como, porém, muitas vezes se está num país não somente suspeito, mas de tal forma inimigo que se deve temer seu ataque a qualquer momento, então se é forçado, por segurança, a mudar a ordem de marcha, de modo que os habitantes ou o exército inimigo encontre sempre as tropas alerta e prontas para enfrentá-lo. Nesses casos, os exércitos antigos marchavam em formação quadrada. Assim eram chamados, não porque formassem verdadeiros quadrados, mas porque podiam combater dos quatro lados, igualmente dispostos para a marcha e para o combate.

Eu não me afastaria desse método e disporia segundo esse modelo as duas brigadas que servem de base para formar um exército. Se quiser atravessar com segurança o país inimigo e estar em condições de me defender em todos os pontos de qualquer ataque imprevisto, formaria com meu exército um quadrado, cuja parte interna teria duzentas e doze braças em todas as dimensões. Afastaria primeiro os flancos um do outro, abrindo um espaço de duzentas e doze braças. Em cada flanco, colocaria cinco batalhões em fila, separados três braças um do outro e cada um ocupando quarenta braças de terreno. Formariam, assim, com esses intervalos, duzentas e doze braças. Entre esses dois flancos, colocaria, na vanguarda e na retaguarda, os dez outros batalhões, cinco de cada lado, e os colocaria assim: quatro batalhões formariam ao lado da frente do flanco direito e quatro ao lado da retaguarda do flanco esquerdo, deixando entre eles um intervalo de três braças; um batalhão deslocar-se-ia, a seguir, ao lado da frente do flanco esquerdo e outro, ao lado da retaguarda do flanco direito. Ora, como o intervalo que separa cada flanco é de duzentas e doze braças e esses últimos batalhões estão dispostos em largura e não em comprimento, e não podem ocupar assim com seus intervalos senão cento e trinta e quatro braças de terreno, ocorre então que haverá, entre os quatro batalhões dispostos ao lado da frente do flanco direito e aquele colocado ao lado da frente do flanco esquerdo, um intervalo de setenta e oito braças. Esse mesmo intervalo deverá existir entre os batalhões colocados na retaguarda, com a diferença que aqui se encontra do lado direito e na vanguarda, estará do lado esquerdo. Nessas setenta e oito braças da vanguarda, colocaria todos os *vélites* ordinários; nas mesmas da retaguarda, os *vélites* extraordinários que somariam assim um total de mil em cada intervalo. Ora, como minha intenção é que o espaço vazio formado no meio do exército seja de duzentas e doze braças em todas as dimensões, é preciso que os cinco batalhões da frente e os cinco batalhões da retaguarda não tomem parte alguma da linha ocupada pelos flancos e que, assim, a última fileira dos cinco batalhões da frente se alinhe com a frente dos dois flancos e que a frente dos batalhões da retaguarda se alinhe com a última fileira da retaguarda dos dois flancos, o que formará, em cada canto do exército, um ângulo reentrante, próprio para receber cada um outro batalhão. Colocaria aí, portanto, quatro batalhões de lanceiros extraordinários e os dois que me sobram formarão um batalhão quadrado no centro, à frente do qual estará o general com sua tropa de elite.

Como esses batalhões, assim dispostos, marcando todos do mesmo lado, não podem igualmente todos combater do mesmo lado, é preciso dispor para o combate todos os pontos que ficam descobertos. Assim, com todos os batalhões da frente, estando cobertos em todos os outros pontos, exceto na primeira fila, deve-se, de acordo com nossa ordem de batalha, colocar aí os lanceiros. Os batalhões da retaguarda, estando descobertos somente na última fila, aí devem ser colocados os lanceiros, segundo o método que já expliquei. Como os cinco batalhões do flanco direito só têm a temer pelo flanco direito e os cinco da esquerda, por aquele do flanco esquerdo, pois, estão cobertos em todos os outros pontos, é nesses pontos ameaçados que se deveria dispor ainda todos os lanceiros desses batalhões. Quando expliquei a maneira de dispor os batalhões em ordem de batalha, demonstrei como se deve, em tal ocasião, colocar os decuriões de maneira que, no momento do combate, todas as partes dos batalhões se encontrem em seu lugar habitual.

Colocaria uma parte da artilharia no flanco direito, a outra, no flanco esquerdo. A cavalaria ligeira estaria na frente para explorar o país e os homens das armas, na retaguarda dos dois flancos, a quarenta braças dos batalhões. Em geral, cada vez que se dispõe um exército em ordem de batalha, nunca se deve colocar a cavalaria senão na retaguarda ou nos flancos. Se for tomada a decisão de colocá-la na frente, deve-se afastá-la a tal distância que possa, em caso de derrota, afastar-se sem esmagar a infantaria ou estabelecer tais intervalos entre os batalhões que ela tenha a possibilidade de entrar neles sem provocar desordem. Não se deve crer que isso seja de pouca importância. Vários generais foram derrotados por não terem previsto esse perigo, sendo eles próprios a causa real do desastre. Finalmente, os equipamentos e os homens fora de serviço deverão estar no centro do exército, dispondo-os de modo a deixar passagens livres do flanco direito para o esquerdo e da frente para a retaguarda.

Todos esses batalhões, sem a artilharia e a cavalaria, ocupam a área de duzentas e oitenta e duas braças de terreno. Como esse quadrado é composto de duas brigadas, deve-se determinar de que lado está uma brigada ou a outra. Deve-se lembrar que cada brigada traz o nome de seu número e é formada de dez batalhões e um comandante de brigada. A primeira brigada terá, portanto, na frente do exército, cinco batalhões e cinco batalhões no flanco esquerdo. O comandante da brigada será colocado no ângulo esquerdo da vanguarda. A segunda brigada terá cinco batalhões no flanco direito e os cinco outros na retaguarda. Seu comandante estará no ângulo direito da retaguarda e fará as vezes de *tergi ductor* (cerra-fileiras).

O exército assim disposto deve mover-se e continuar sua marcha sem nada mudar nessa ordem de batalha e, então, nada há a temer dos ataques desordenados dos habitantes ou soldados do país. Nesse caso, o general deve deixar o cuidado de rechaçá-los à cavalaria ligeira e a algumas companhias de *vélites*. Uma tropa tão irregular nunca ousará aproximar-se da ponta da espada ou da lança. Um exército bem ordenado deve enchê-la de terror. Poderão vir soltando gritos assustadores, mas não atingirão o exército, parecendo cachorrinhos que latem contra um vigoroso mastim. Quando Aníbal veio atacar os romanos na Itália, atravessou toda a Gália e não se preocupou nem um pouco com os movimentos desordenados dos gauleses. Quando se está em marcha, deve-se preparar os caminhos por meio de sapadores e outros operários que terão a proteção da cavalaria ligeira, encarregada da exploração. Um exército poderá fazer assim dez milhas por dia e sobrar-lhe-á bastante tempo para os trabalhos do acampamento e para preparar as refeições, porquanto a marcha ordinária é de vinte milhas.

Pelo contrário, se o exército for atacado por um exército inimigo bem organizado, é impossível não ter sido avisado de antemão, quando o exército mantém uma marcha regular. Então, haverá tempo para se dispor em ordem de batalha, aproximadamente de acordo com o sistema que descrevemos. Sendo atacado pela vanguarda, deve-se transferir a artilharia que está nos flancos para a frente, bem como a cavalaria que está na retaguarda, tomando seus postos e suas distâncias habituais. Os mil *vélites* que estão na vanguarda saem de seus postos, dividem-se em dois destacamentos de quinhentos homens e se deslocam, como de costume, entre a cavalaria e os flancos do exército. O vazio que deixam é ocupado pelos dois destacamentos de lanceiros extraordinários que eu havia colocado no centro da praça do exército. Os mil *vélites* que estavam na retaguarda vão cobrir os flancos dos batalhões. Deixam, assim, uma passagem para os equipamentos e para o restante do exército que passa para a retaguarda. Cada um ocupando seu posto, a praça permanece vazia e então os cinco batalhões que formavam a retaguarda avançam para o lado da frente, ocupando o espaço que separa os dois flancos. Três desses batalhões se aproximam até quarenta braças, conservando entre eles intervalos iguais e os dois outros ficam atrás, conservando igualmente a distância de quarenta braças desses.

Essa disposição pode ser organizada num instante e é quase totalmente semelhante à primeira ordem de batalha que já explicamos. Se o exército apresenta, então, uma frente menos larga, é mais bem guarnecida nos flancos, o que não deixa de ser uma vantagem. Como os cinco batalhões que estão na retaguarda têm seus lanceiros nas últimas fileiras, como recomendamos, deve-se fazer volver esses batalhões sobre si mesmos, como um corpo sólido, ou ordenar aos lanceiros para entrar nas fileiras dos escudos e dirigir-se para a frente. Essa maneira é mais rápida e menos sujeita a provocar a desordem nas fileiras. Qualquer que seja o tipo de ataque a suportar, deve-se agir assim, como explicarei a seguir, com relação a todos os batalhões que estão posicionados na retaguarda.

Quadro VI

Este quadro representa um exército formado em batalhão quadrado.

```
        eeeeee                                                    eeeeee
        eeeeee                                                    eeeeee
        eeeeee                    Front                           eeeeee
        eeeeee                                                    eeeeee
        eeeeee                                                    eeeeee
    θ                                                                    θ
        nnnnnn nnnnnn vvvvvv nnnnnn nnnnnn nnnnnn nnnnnn nnnnnn
        nnnnnn nnnnnn vvvvvv nnnnnn nnnnnn nnnnnn nnnnnn nnnnnn
        nnnnnn oooooo vvvvvv oooooo oooooo oooooo oooooo nnnnnn
        nnnnnn oooooo vvvvvv oooooo oooooo oooooo oooooo nnnnnn
        nnnnnn oooooo vvvvvv oooooo oooooo oooooo oooooo nnnnnn
    θ                                                                    θ
        nnoooo     Z                                        oooonn
        nnoooo    SDS                                       oooonn
        nnoooo                                              oooonn
        nnoooo                                              oooonn
        nnoooo                                              oooonn
    θ                                                                    θ
        nnoooo                                              oooonn
        nnoooo                                              oooonn
        nnoooo                                              oooonn
        nnoooo                                              oooonn
        nnoooo                                              oooonn
    θ                                                                    θ
        nnoooo              Z                               oooonn
        nnoooo             SAS                              oooonn
        nnoooo       nnnnnn nnnnnn                          oooonn
        nnoooo       nnnnnn nnnnnn                          oooonn
    θ                nnnnnn nnnnnn                                       θ
        nnoooo       nnnnnn nnnnnn                          oooonn
        nnoooo       nnnnnn nnnnnn                          oooonn
        nnoooo                                              oooonn
        nnoooo           Bagagens                           oooonn
        nnoooo                                              oooonn
    θ                                                                    θ
        nnoooo                                              oooonn
        nnoooo                                              oooonn
        nnoooo                                              oooonn
        nnoooo                                   Z          oooonn
        nnoooo                                  SDS         oooonn
    θ                                                                    θ
        nnnnnn oooooo oooooo oooooo oooooo vvvvvv oooooo nnnnnn
        nnnnnn oooooo oooooo oooooo oooooo vvvvvv oooooo nnnnnn
        nnnnnn oooooo oooooo oooooo oooooo vvvvvv oooooo nnnnnn
        nnnnnn nnnnnn nnnnnn nnnnnn nnnnnn vvvvvv nnnnnn nnnnnn
        nnnnnn nnnnnn nnnnnn nnnnnn nnnnnn vvvvvv nnnnnn nnnnnn
    θ                                                                    θ
        rrrrrr                                              rrrrrr
        rrrrrr                                              rrrrrr
        rrrrrr                                              rrrrrr
        rrrrrr                                              rrrrrr
        rrrrrr                                              rrrrrr
```

Flanco esquerdo — *Flanco direito*

Se o inimigo atacar pela retaguarda, dá-se ordem de meia-volta, tornando-se, então, a retaguarda vanguarda, e deve-se proceder a todas as operações que acabei de descrever. Se o ataque se der pelo flanco direito, é preciso que todo o exército se volte para esse lado que se torna a vanguarda e que deve ser coberta segundo as normas que prescrevi, de maneira que a cavalaria, os *vélites* e a artilharia estejam todos nos postos que lhe são determinados por essa mudança de front. Deve-se observar que, nessa manobra, alguns devem acelerar o passo e outros detê-lo, segundo as diferentes posições. Quando o exército tem sua frente pelo flanco direito, são os *vélites* da vanguarda, os mais próximos do flanco esquerdo, que devem colocar-se entre os flancos e a cavalaria, serão substituídos pelos dois batalhões de lanceiros extraordinários que estavam na praça. Antes, porém, deve-se retirar os equipamentos que passarão por esse intervalo e serão transferidos para o flanco esquerdo que se torna, então, a retaguarda do exército. Os outros *vélites*, que estavam na retaguarda segundo a primeira disposição, permanecem em seu lugar, a fim de não deixar qualquer abertura nesse lado e, então, a retaguarda se torna o flanco direito. Todas as outras operações são as mesmas que já descrevemos.

Todas as regras que acabo de descrever se aplicam igualmente no caso de o exército ser atacado pelo flanco esquerdo. Se o inimigo desfere o ataque pelos dois lados, é preciso reforçar esses lados por aqueles que não foram atacados, dobrar as fileiras nesses dois pontos e dividir entre eles a cavalaria, a artilharia e os *vélites*. Se, finalmente, o ataque for desferido por três ou quatro lados, um dos dois comandantes certamente não conhece sua profissão. De fato, é demonstrar ser bem pouco hábil expor-se ao ataque em três ou quatro pontos por tropas numerosas e bem ordenadas. Para que o inimigo possa executar esse plano com segurança, é preciso que cada uma de suas divisões seja quase tão forte quanto o exército inimigo inteiro. Se um comandante é tão louco de aventurar-se a penetrar no país de um inimigo que tem um exército três vezes superior ao dele, somente esse pode ser acusado de todos os desastres. Se o comandante nada tiver a se recriminar e que um azar fatal tenha precipitado sua derrota, então perde, isento de vergonha, como aconteceu com os Cipião na Espanha e Asdrúbal na Itália. Se o inimigo, ao contrário, desferir o ataque em vários pontos, sem ser muito superior em forças, esse ataque só terá como resultado mostrar sua loucura e assegurar a vitória ao atacado, pois será obrigado a enfraquecer de tal modo suas divisões que será fácil sustentar o combate com uma, rechaçar outra e vencê-lo em pouco tempo.

Quadro VII

Esquema de um exército formando o batalhão quadrado e que foi disposto em batalha segundo a ordem usual.

Front

```
              θ     θ     θ     θ     θ     θ     θ     θ     θ
eeeee rrrrr vvvvv nnnnnn nnnnn nnnnn nnnnn nnnnn nnnnnn nnnnnn nnnnn nnnnnn vvvvv rrrrr eeeee
eeeee rrrrr vvvvv nnnnnn nnnnn nnnnn nnnnn nnnnn nnnnnn nnnnnn nnnnn nnnnnn vvvvv rrrrr eeeee
eeeee rrrrr vvvvv nnnnnn nnnnn nnnnn nnnnn nnnnn nnnnnn nnnnnn nnnnn nnnnnn vvvvv rrrrr eeeee
eeeee rrrrr vvvvv nnnnnn ooooo ooooo ooooo ooooo oooooo oooooo ooooo nnnnnn vvvvv rrrrr eeeee
eeeee rrrrr vvvvv nnnnnn ooooo ooooo ooooo ooooo oooooo oooooo ooooo nnnnnn vvvvv rrrrr eeeee
```

	uuu nnooo				ooonn uuu	
	uuu nnooo				ooonn uuu	
	uuu nnooo				ooonn uuu	
	uuu nnooo				ooonn uuu	
	uuu nnooo				ooonn uuu	
	uuu				uuu	
	uuu nnooo	nnnnn	nnnnn	nnnnn	ooonn uuu	
	uuu nnooo	nnnnn	nnnnn	nnnnn	ooonn uuu	
	uuu nnooo	ooooo	ooooo	ooooo	ooonn uuu	
	uuu nnooo	ooooo	ooooo	ooooo	ooonn uuu	
Flanco esquerdo	uuu nnooo	ooooo	ooooo	ooooo	ooonn uuu	*Flanco direito*
	uuu				uuu	
	uuu nnooo				ooonn uuu	
	uuu nnooo				ooonn uuu	
	uuu nnooo				ooonn uuu	
	uuu nnooo				ooonn uuu	
	uuu nnooo				ooonn uuu	
	uuu				uuu	
	uuu nnooo	nnnnn		nnnnn	ooonn uuu	
	uuu nnooo	nnnnn		nnnnn	ooonn uuu	
	uuu nnooo	ooooo		ooooo	ooonn uuu	
	uuu nnooo	ooooo		ooooo	ooonn uuu	
	uuu nnooo	ooooo		ooooo	ooonn uuu	
	uuu				uuu	
	uuu nnooo				ooonn uuu	
	uuu nnooo				ooonn uuu	
	uuu nnooo				ooonn uuu	
	uuu nnooo				ooonn uuu	
	uuu nnooo		*Bagagens*		ooonn uuu	
	uuu				uuu	
	uuu nnooo				ooonn uuu	
	uuu nnooo				ooonn uuu	
	uuu nnooo				ooonn uuu	
	uuu nnooo				ooonn uuu	
	uuu nnooo				ooonn uuu	

Esse método de ordenar um exército contra um inimigo que não está presente, mas do qual se teme ataques, é da maior utilidade. Deve-se habituar os soldados a marchar dispostos dessa maneira, a se dispor em ordem de batalha no meio da marcha para combater de qualquer lado que seja, segundo as regras que prescrevemos, a retomar sua primeira formação, a entrar novamente em ordem de batalha pela retaguarda ou pelos flancos e retornar depois a sua ordem de marcha. Esses exercícios são indispensáveis, se se quiser ter um exército bem disciplinado e formado para a guerra. É preciso que os generais e os oficiais os pratiquem com empenho. A disciplina militar não é outra coisa senão a arte de comandar e de executar com precisão todos os exercícios. Um exército é verdadeiramente disciplinado somente quando tiver feito disso um hábito adquirido. Um país que pretendesse restabelecê-los em pleno vigor, garantir-se-ia de qualquer derrota. Essa forma quadrada de que acabo de falar é um pouco mais difícil que as outras manobras, mas é preciso torná-la familiar por frequentes exercícios e, quando um exército estiver acostumado a ela, não encontrará maiores dificuldades no resto.

Zanobi – Acredito que essas manobras são muito importantes e nada tenha a acrescentar ou a tirar à descrição que nos apresentaste a respeito. Tenho, no entanto, duas perguntas. Primeiro, quando, obrigado a transformar em vanguarda o flanco ou a retaguarda, ordenas teu exército a volver, transmites tuas ordens de viva voz ou por meio da música? Segundo, os operários que mandas à frente para preparar o caminho do exército são tomados dos soldados dos batalhões ou empregas outras pessoas destinadas exclusivamente para esses vis trabalhos?

Fabrizio – Tua primeira pergunta é muito importante. Muitas vezes, as ordens do general, mal entendidas ou mal interpretadas, causaram a derrota de um exército. É preciso, portanto, que no combate a ordem seja clara e precisa. Se for empregada a música, os sons devem ser de tal modo distintos que não se possa confundi-los. Se, pelo contrário, o comando for transmitido de viva voz, deve-se ter cuidado de evitar palavras gerais, de empregar aquelas que exprimem uma ideia particular e precaver-se ainda para que essas não possam ser mal interpretadas. Muitas vezes a palavra *recuar* pôs um exército em fuga; deve-se dizer, *para trás*. Se for o caso de trocar o front pelo flanco ou pela retaguarda, não se deve dizer *volver*, mas *à esquerda, à direita, para a retaguarda, pelo front.* Que todos os outros comandos sejam simples e claros, como *fechar fileiras, manter posição, avançar, bater em retirada.* Sempre que for possível comandar de viva voz, deve ser feito, do contrário, fazer uso da música.

Quanto aos sapadores de que me falaste a seguir, quero que esse trabalho seja feito pelos soldados. Assim costumavam os antigos. Com isso, meu exército teria em seu séquito menos homens indefesos e menos bagagens. Tomaria de cada batalhão os homens de que teria necessidade e fornecer-lhes-ia todos os utensílios necessários. Suas armas seriam carregadas pelas fileiras mais próximas e poderiam retomá-las com a aproximação do inimigo e voltar a suas fileiras.

Zanobi – Quem haveria de carregar, então, os utensílios dos sapadores?

Fabrizio – Carros destinados para isso.

Zanobi – Acho bem difícil que pudesses fazer com que nossos soldados atuais se pusessem a cavar.

Fabrizio – Logo responderei a essa observação, pois agora quero passar a outro assunto e falar dos víveres do exército. Parece-me bastante razoável, depois de tê-lo cansado tanto, levá-lo a comer um pouco. Um soberano deve preocupar-se que seu exército seja o mais lesto possível e desembaraçá-lo assim de toda carga inútil e contrária à atividade de suas operações. A esse respeito, o que causa mais embaraço é a necessidade de fornecê-lo o tempo todo de pão e vinho. Os antigos nunca se preocupavam com o vinho. Quando tinham falta dele, colocavam na água algumas gotas de vinagre para lhe conferir um pouco de sabor. Por isso, o vinagre, e não o vinho, era contado entre as provisões indispensáveis do exército. Não cozinhavam o pão em fornos, como se faz hoje nas cidades, mas levavam farinha que cada soldado preparava a seu modo e temperava com toucinho e banha de porco. Esse tempero conferia sabor ao pão e mantinha o vigor do soldado. As provisões do exército se limitavam, portanto, à farinha, ao vinagre, ao toucinho e à banha de porco, além da cevada para a cavalaria. Alguns rebanhos de animais de grande e pequeno porte seguiam o exército. Como essa provisão não era necessário carregá-la, quase não causava embaraço. Um exército marchava assim vários dias seguidos em regiões desertas e difíceis, sem sentir falta de víveres, porquanto se alimentava de provisões que eram conduzidas sem dificuldade atrás do exército.

O mesmo não ocorre com os exércitos modernos. Como sempre

precisam de vinho e pão, semelhante ao que se consome em nossas cidades e do qual não se pode fazer grandes provisões de antemão, sofrem muitas vezes da falta de víveres ou só se pode garantir suas provisões com dificuldades e despesas infinitas. Gostaria de acostumar meu exército à maneira de viver dos antigos e não lhe daria outro pão senão aquele que ele próprio haveria de assar. Quanto ao vinho, não haveria de proibir seu uso e mesmo de mandá-lo entregar no exército, mas não teria grande preocupação em realmente tê-lo. Quanto ao restante das provisões, imitaria em tudo os antigos. Prestando bem atenção, pode-se observar quantas dificuldades elimino com isso, de quanta sobrecarga e de quantos embaraços livro um exército e seu general e quantas facilidades lhes confiro para todos os seus empreendimentos.

Zanobi – Depois de ter vencido o inimigo em batalha ordenada e após ter atravessado seu país, é impossível que não se tenha recolhido espólios, colocado suas cidades sob tributo e feito prisioneiros. Gostaria de saber como portavam os antigos a respeito disso.

Fabrizio – É fácil satisfazer tua curiosidade. Parece-me já ter observado num de nossos colóquios que nossas guerras atuais empobrecem igualmente o vencedor como o vencido, porquanto, se um perde seu Estado, o outro arruína suas finanças e seus recursos. Isso não acontecia entre os antigos. A guerra enriquecia sempre o vencedor. A causa dessa diferença é que hoje não se tem em conta alguma os despojos, como entre os antigos, e que, ao contrário, são entregues à avidez dos soldados. Esse método traz dois grandes males. O primeiro é aquele de que acabo de falar. O segundo é de inspirar ao soldado mais amor pelos despojos do que empenho pela disciplina. Não poucas vezes se viu a cobiça de um exército levar à perda de uma vitória já assegurada.

Os romanos, enquanto seus exércitos foram modelo de todos os outros, previram esse duplo perigo. Entre eles, todos os despojos de guerra pertenciam ao Estado que deles dispunha a seu bel-prazer. Em seus exércitos, havia questores que exerciam as funções de nossos tesoureiros e que estavam encarregados de receber todas as contribuições e todo o saque. Os cônsules podiam, por esse meio, pagar o soldo ordinário das tropas, socorrer os doentes e os feridos e prover todas as outras necessidades do exército. Além disso, tinham a faculdade, e dela faziam uso seguidamente, de entregar o montante do saque aos soldados. Essa instituição não provocava, porém, qualquer desordem, pois, após a derrota do exército inimigo, reunia-se todo o espólio que era dividido por cabeça, proporcionalmente ao posto de cada um. Por esse método, o soldado procurava vencer e não saquear, as legiões romanas rechaçavam o inimigo sem persegui-lo, para não romper suas fileiras, e deixavam esse cuidado à cavalaria, às tropas leves e aos auxiliares. Se os despojos fossem abandonados para quem deles por primeiro se apossasse, teria sido impossível e até injusto manter as legiões em suas fileiras, expondo assim o exército aos maiores perigos. Desse modo, o Estado se enriquecia e cada triunfo dos cônsules aumentava o tesouro público que só era alimentado pelos tributos e pelos despojos do inimigo. Os romanos tinham ainda outra instituição muito sábia a respeito. Cada soldado era obrigado a depositar um terço de seu soldo nas mãos do porta-bandeira de sua coorte e esse não podia entregar-lhe qualquer parte até o fim da guerra. Tiveram dois motivos para estabelecer essa instituição. Primeiramente, queriam que o soldado formasse um fundo com seu soldo, pois no exército, quanto mais dinheiro é dado aos soldados, em sua maioria jovens e imprevidentes, mais gastavam sem necessidade alguma. Em segundo lugar, garantiam que o soldado, sabendo que toda a sua fortuna estava junto do estandarte, vigiariam por ele com maior empenho e o defenderiam com mais obstinação. Inspiravam--lhes assim a economia e a bravura. É um exemplo a seguir, se se quiser reconduzir um exército a seu verdadeiro espírito.

Zanobi – Acho que é impossível que um exército não prove, durante sua marcha, alguns acidentes deploráveis, dos quais só pode se livrar pela habilidade do general e pela coragem dos soldados. Se, durante esse colóquio, alguns desses acidentes vierem a sua mente, ficaríamos contentes se pudesses nos falar deles.

Fabrizio – Com prazer. É impossível para mim deixar tal assunto sob silêncio, se realmente quiser transmitir noções completas sobre a arte da guerra. Quando um exército está em marcha, um general deve, sobretudo, tomar cuidado com emboscadas, nas quais pode cair de duas maneiras diferentes. Pode cair nelas por sua própria conta durante a marcha ou para elas ser atraído pelos estratagemas do inimigo, sem ter sabido prevê-los. Para precaver-se contra o primeiro perigo, deve-se manter à frente guardas avançados que procedem à exploração do terreno. Essa precaução é tanto mais importante quanto mais a região for própria para emboscadas, como regiões de bosques e de montanhas, pois é sempre um bosque ou uma colina que se torna o teatro desse tipo de expedições. Uma emboscada imprevista pode muitas vezes levar à derrota, mas se for prevista, não apresenta perigo. Os pássaros ou a poeira serviram por vezes para descobrir o inimigo. Avançando, levantará nuvens de poeira que anunciam sua aproximação. Muitas vezes, pombos e outros pássaros que voam em bandos, revoando pelo ar sem poder pousar num local por onde deve passar o inimigo, levaram um general a descobrir uma emboscada. Informado desse modo dos planos traçados contra ele, mandou suas tropas avançar, derrotou o inimigo e se livrou do perigo que o ameaçava.

Quanto ao segundo perigo, o de ser atraído para uma emboscada pelos estratagemas do inimigo, deve-se, para preveni-lo, acreditar que dificilmente o que não parece seja verdadeiro. Por exemplo, se o inimigo deixa para trás alguns despojos, deve-se acreditar que o anzol está escondido sob essa isca. Se, superior em número, recua diante de uma tropa inferior; se, ao contrário, manda forças muito fracas contra forças consideráveis; se repentinamente se põe em fuga, sem razão; em todos esses casos, deve-se temer uma armadilha e nunca se deve acreditar que o inimigo não saiba o que está fazendo. Para ter menos a temer de suas armadilhas, para melhor prevenir todo perigo, deve-se estar sempre precavido contra o inimigo, mesmo que ele possa estar demonstrando mais fraqueza e menos previdência. Nesse caso, há duas coisas a fazer: ter um justo temor do inimigo, tomando decisões em decorrência disso, mas manter um tom de grande desprezo por ele nos discursos e em todas as ações aparentes. Desse modo, evita-se todo perigo e transmite-se confiança ao exército.

Deve-se ter bem presente que, ao estar em marcha no país inimigo, corre-se mais perigos que num dia de batalha. Um general deve então redobrar suas precauções. Em primeiro lugar, deve ter mapas de todo o país que atravessa, mapas que o informem de modo preciso sobre os lugarejos, seu número, suas distâncias, sobre os caminhos, as montanhas, os rios, os pântanos e sua natureza. Para certificar-se dessas informações, terá com dele, a diversos títulos, homens de classes diversas, bem instruídos sobre a região e que haverá de interrogar com cuidado, confrontando suas respostas, conservando as informações daqueles que estiverem mais ou menos de acordo entre si. Mandará adiante, com a cavalaria ligeira, oficiais hábeis, não somente para descobrir o inimigo, mas para explorar o país e ver se confere com os mapas e com as informações que havia colhido. Como acompanhantes, terá ainda guias, guardados por boa escolta, prometendo-lhes grandes recompensas por sua fidelidade e castigos terríveis por sua perfídia. Acima de tudo, é preciso que o exército ignore para que tipo de expedição é conduzido. Nada é mais útil para a guerra do que esconder seus planos. E, para que um ataque súbito não provoque a desordem num exército, é preciso mantê-lo sempre pronto a entrar em combate. O que for previsto quase sempre não apresenta perigo.

Muitos generais, para evitar qualquer confusão na marcha, dividiram os equipamentos e os fizeram marchar sob os estandartes. Com isso, se houver necessidade de parar ou de bater em retirada, haverá menos confusão. Tenho especial predileção por esse método. Deve-se ainda ter cuidado para que uma parte do exército não se afaste da outra durante a marcha ou que alguns marchem muito depressa e outros, muito devagar, porque o exército perde, então, sua solidez e a confusão se instala nas fileiras. Deve-se, portanto, colocar, junto aos flancos, oficiais que mantenham a uniformidade do passo, para retardar aqueles que se precipitam na marcha e fazer avançar aqueles que a retardam. Mas, a música é o melhor meio que se possa usar para esse fim.

Deve-se alargar os caminhos para que um batalhão ao menos possa sempre marchar à frente.

Finalmente, deve-se analisar os hábitos e o caráter do inimigo. Se ele prefere atacar de manhã, ao meio-dia ou à tarde, se é mais ou menos forte na cavalaria ou na infantaria, e tomar as decisões de acordo com essas informações. Mas, é melhor apresentar alguns exemplos.

Muitas vezes, quando inferior em forças e querendo assim evitar o combate, foi decidido bater em retirada diante de um inimigo que vem atrás em perseguição, mas pode ocorrer que, chegando às margens de um rio, não se tenha tempo de atravessá-lo, acossado pelo inimigo ao encalço e que quer combater. Em tal situação de perigo, muitos generais mandaram cavar um fosso em torno de seu exército, encheram-no de estopa e, depois de atear-lhe fogo, passaram o rio sem obstáculo algum por parte do inimigo, detido pelas chamas que cortavam qualquer passagem.

Zanobi – Custo a acreditar que essa chama possa representar um obstáculo difícil, uma vez que me lembro sobretudo que Hannon, general cartaginês, amontoou material combustível do lado em que queria bater em retirada e ateou fogo nele. Os inimigos acharam que não deviam se preocupar com esse lado. Mandou-se o exército atravessar as chamas, ordenando somente que os soldados cobrissem o rosto com seus escudos, para se protegerem do fogo e da fumaça.

Fabrizio – Tua observação é justa, mas é preciso analisar a diferença desse exemplo daquele que mencionei. Esses generais de que falei haviam cavado um fosso e o haviam enchido de estopa, de modo que o inimigo havia sido barrado tanto pelas chamas como pelo fosso. Hannon, ao contrário, contentou-se em levantar uma fogueira que deveria ainda, sem dúvida, ser pouco espessa, pois, mesmo sem fosso, teria bastado para impedir sua passagem. Não lembrais que Nabis, rei dos lacedemônios, estando cercado em Esparta pelos romanos, ateou fogo a uma parte da cidade para deter a esses que já haviam penetrado no recinto das muralhas. Por esse meio, não só deteve sua passagem, mas conseguiu ainda rechaçá-los.

Voltemos a nosso assunto. Quintus Lutatius, perseguido pelos cimbros, ao chegar junto a um rio, fingiu querer combater o inimigo, para ganhar tempo para atravessar esse rio. Mandou traçar seu acampamento, cavar fossos, levantar algumas tendas e mandou a cavalaria levar os cavalos a pastar nos campos próximos. Os cimbros acreditaram, de fato, que estava acampando nesse lugar. Pararam igualmente para acampar e, parar garantir seus víveres, dividiram em diferentes destacamentos seu exército. Lutatius se aproveitou dessa circunstância e atravessou o rio sem que os cimbros pudessem lhe opor qualquer obstáculo. Alguns generais, na falta de pontes para atravessar um rio, desviaram seu curso e, fazendo passar uma parte atrás deles, deixaram a outra passar facilmente a seco. Quando os rios são muito rápidos, pretendendo fazer passar a infantaria com maior segurança, deve-se colocar uma parte mais numerosa da cavalaria rio acima para deter a impetuosidade do rio e o resto, rio abaixo, para socorrer os soldados de infantaria que o rio pudesse arrastar. Os rios sem vaus para sua travessia podem ser atravessados por pontes, de barco ou por meio de odres. Deve-se, portanto, dispor sempre no exército desses instrumentos indispensáveis.

Muitas vezes, ao atravessar um rio, encontra-se o inimigo na outra margem para fechar o caminho. Em semelhante dificuldade, não conheço melhor exemplo a seguir do que o de César. Ele estava com seu exército na Gália, às margens de um rio, cuja passagem lhe era interceptada por Vercingetórix que estava com seu exército na margem oposta. Costeou o rio vários dias, tendo sempre Vercingetórix de fronte. Finalmente, acampou num local coberto de bosques e próprio para esconder suas tropas. Tirou, então, três coortes de cada legião, mandou que se detivessem no local e que construíssem uma ponte, começando a trabalhar logo que ele partisse, e fortificá-lo de imediato. Quanto a ele, prosseguiu na marcha. Vercingetórix, vendo o mesmo número de legiões, não desconfiou que parte tivesse ficado para trás, e continuou a seguir César. Este, quando achou ter deixado a suas coortes todo o tempo necessário para levantar e fortificar a ponte, voltou e, encontrando tudo pronto como havia ordenado, atravessou o rio sem qualquer dificuldade.

Zanobi – Há algum meio para descobrir os vaus de rios?

Fabrizio – Sim, sem dúvida. Sempre que se percebe entre o fio de água e o lado que é menos rápido uma espécie de linha, pode-se ter certeza que nesse local o rio é menos profundo e oferece uma passagem mais fácil que em qualquer outro lugar, pois é ali que o rio amontoa mais saibro. Essa experiência já foi feita diversas vezes e sempre com sucesso.

Zanobi – Se por acaso o vau é de profundidade que não dá pé aos cavalos, o que se deve fazer?

Fabrizio – Costuma-se fazer, então, uma espécie de grades de troncos que são lançadas na água e sobre as quais se pode passar. Mas, continuemos nosso colóquio.

Algumas vezes, um general que se embrenhou entre duas montanhas, não tendo mais que dois caminhos para salvar seu exército, vê ambos ocupados pelo inimigo. O que deve fazer é o que já foi feito em circunstâncias semelhantes. Deve cavar atrás dele um amplo fosso, de difícil passagem, que dê a aparência de pretender com ele deter o inimigo por esse lado para poder, com todas as suas tropas, forçar a passagem pela frente sem recear ser atacado pela retaguarda. O inimigo, enganado por essa aparência, transferirá suas forças para o outro lado, abandonando o lado fechado pelo fosso. Basta, então, lançar sobre esse fosso uma ponte de madeira preparada para isso e, passando sem maior dificuldade, salvará seu exército das mãos do inimigo. Minutius comandava, na qualidade de cônsul, o exército romano na Ligúria e se deixou fechar entre montanhas, sem qualquer meio para sair. Para se livrar desse perigo, mandou para as passagens guardadas pelo inimigo alguns cavaleiros auxiliares numidas, mal armados e montados sobre cavalos pequenos e magros. O inimigo, ao percebê-los, quis logo detê-los, mas quando observou que essas tropas marchavam sem ordem e montadas em péssimos cavalos, ficou sem medo e relaxou a guarda. Os numidas, aproveitando-se dessa negligência, chicotearam seus cavalos, precipitaram-se com furor sobre o inimigo e passaram sem dificuldade. A seguir, espalhando-se pela região e devastando tudo, obrigaram os lígures a deixar livre passagem para Minutius.

Muitas vezes, um general, atacado por grande multidão de inimigos, fechou suas tropas, deixou-se envolver e, após observar o lado mais fraco do inimigo, atacou-o desse lado com furor e salvou seu exército, abrindo com toda a violência uma passagem. Marco Antônio, batendo em retirada diante dos partas, percebeu que eles o atacavam sempre ao romper do dia, quando se punha em marcha e depois não paravam de importuná-lo durante toda a marcha. Resolveu, então, partir somente ao meio-dia. Os partas acharam que não haveria de se pôr em marcha nesse dia, e Marco Antônio pôde prosseguir sua marcha durante o resto do dia sem ser importunado. Esse mesmo general, para se proteger das flechas dos partas, mandou seu exército pôr um joelho no chão com a aproximação deles; ordenou aos soldados da segunda fileira cobrir com seus escudos a cabeça dos soldados da primeira fileira; à terceira, de cobrir a cabeça da segunda e assim por diante, de modo que seu exército estava, por assim dizer, coberto por um teto e ao abrigo das flechas inimigas. Isso é tudo o que tenho a vos dizer sobre os acontecimentos que podem ocorrer a um exército durante sua marcha. Se não tiverdes outras observações a fazer, eu passarei a outra questão.

Livro VI

Zanobi – Como vamos mudar as perguntas, acho que é conveniente que Battista assuma a função e que eu saia. Assim, vamos imitar os grandes capitães que, segundo o preceito do senhor Fabrizio, põem na vanguarda e na retaguarda do exército seus melhores soldados, a fim de dar início com intrepidez ao combate e de mantê-lo com o mesmo vigor. Cosimo começou o colóquio com grande sucesso, Battista haverá de terminá-lo igualmente de modo feliz. Luigi e eu temos ficado firmes entre os dois, da melhor maneira que nos foi possível. Cada um de nós, tendo-se encarregado com prazer do posto que lhe foi conferido, estou certo de que Battista não é homem para recusar o seu.

Battista – Até o momento, fiz o que quisestes e não quero mudar agora. Assim, senhor Fabrizio, podes continuar esse colóquio e pedimos que nos perdoes a interrupção para todos esses cumprimentos.

Fabrizio – Já disse que me dais um grande prazer ao agir assim. Vossas interrupções, longe de perturbar o curso de minhas ideias, só lhe dão nova força. Mas, vamos concluir nosso colóquio. Já é hora de levar nosso exército a repousar. Sabemos que todos os seres animados aspiram ao repouso e a um repouso seguro. Sem a segurança, de fato, não há verdadeiro repouso. Vós talvez havereis preferido que tivesse feito primeiramente acampar nosso exército, que o tivesse exercitado a seguir em marchas e, finalmente, conduzido ao combate. Mas, formos forçados a fazer exatamente o contrário, pois, querendo mostrar, quando fazia nosso exército marchar, como transformava sua ordem de marcha em ordem de batalha, era preciso explicar antes qual era essa ordem de batalha.

Um acampamento, para ser verdadeiramente seguro, deve ser forte e bem disposto. A habilidade do general é que o dispõe com ordem. A natureza e a arte é que constituem toda a sua força. Os gregos procuravam posições naturalmente fortes. Não teriam escolhido um local para acampar que estivesse apoiado num rochedo, num rio, numa floresta ou em qualquer outra proteção similar. Os romanos, pelo contrário, confiavam mais na arte do que na natureza para escolher seu acampamento. Nunca haveriam de escolher uma posição em que não pudessem desenvolver todas as suas manobras. Por isso, seu acampamento conservava sempre a mesma forma, mesmo porque não queriam se sujeitar ao terreno, mas o terreno devia sujeitar-se a seu método. O mesmo não ocorria com os gregos que se adaptavam sempre segundo a disposição do terreno, que variava sem cessar pela própria diversidade dos locais; por isso eram obrigados a variar igualmente sua maneira de acampar e a forma de seus acampamentos. Os romanos supriam pelos recursos da arte a fraqueza natural de sua posição. E como são eles que até agora apresentei como exemplo, vou novamente, nesse colóquio, seguir seu sistema de acampamento dos exércitos. Não é que eu queira nisso imitar servilmente todas as suas instituições, mas tomarei somente aquelas que me parecem mais viáveis em nossos tempos.

Já disse que os exércitos consulares eram compostos por duas legiões de cidadãos romanos, que somavam em torno de onze mil homens de infantaria e seiscentos de cavalaria, além de onze mil homens de infantaria que lhes eram enviados pelos aliados. Já disse também que em seus exércitos os soldados estrangeiros nunca superavam em número os soldados romanos, a não ser com relação à cavalaria, na qual não se importavam que os estrangeiros superassem em número os cidadãos. Disse finalmente que, em todos os combates, os romanos eram colocados no centro e os aliados nos flancos. É um costume que conservavam em seus acampamentos, como se pode ler em seus historiadores. Não vou, portanto, descrever o sistema de acampamento dos romanos, mas ao explicar o método que uso nesse aspecto, pode-se facilmente perceber tudo o que tiro do sistema romano.

Sabeis que, querendo adequar-me às duas legiões romanas, tomei por modelo de meu exército duas brigadas de infantaria, de seis mil homens cada uma, com trezentos homens de cavalaria para cada brigada. Deveis lembrar o número de batalhões que compõem essas brigadas, o de suas armas e seus diferentes nomes. Não lhes acrescentei outros destacamentos de tropas, quando expliquei a ordem de marcha e de batalha desse exército, observando somente que, se se quisesse duplicar as forças, bastava simplesmente duplicar suas fileiras. Agora, porém, que devo falar do acampamento, não me limitarei a essas duas brigadas. Tomarei o número de tropas conveniente para um exército usual. Assim, imitando os romanos, comporia meu exército de duas brigas e de tantas outras tropas auxiliares. A forma de nosso acampamento deverá ser mais regular, traçando-o para um exército completo, mas semelhante número não era necessário para as outras operações que já descrevi.

Trata-se, portanto, de fazer acampar um exército completo de vinte e quatro mil homens de infantaria e dois mil de cavalaria, formando quatro brigadas, duas das quais serão compostas por meus próprios súditos e as duas outras por estrangeiros. Depois de ter escolhido uma posição, hastearia o estandarte geral e faria traçar, em torno desse estandarte, um quadrado e cada lado dele distanciar-se-ia cinquenta braças e voltar-se-ia para uma das quatro partes do firmamento, isto é, o levante, o poente, o sul e o norte. Nesse espaço estaria a tenda do general. Por motivos de prudência e para imitar os romanos, separaria dos soldados todo aquele que não carrega armas ou que se encontra fora de serviço. Colocaria na parte do levante a totalidade ou pelo menos a maior parte dos soldados e os outros, a poente; a frente do acampamento, estaria a levante, a retaguarda, a poente; os flancos, ao norte e ao sul.

Para distinguir os alojamentos do exército, faria traçar, a partir do estandarte geral, uma linha reta que seria levada em direção a levante, no espaço de seiscentas e oitenta braças. Na mesma direção, traçaria duas outras linhas paralelas à primeira e que estariam a quinze braças de distância daquela. Ao final dessa primeira linha, ficaria a porta do Levante e o espaço contido entre as duas outras linhas formaria uma rua que conduziria dessa porta até a tenda do general, tendo trinta braças de largura e seiscentas e trinta de comprimento, porquanto a tenda do general ocupa cinquenta delas desse lado. Essa rua iria chamar-se Rua Geral. Outra rua iria da porta do sul àquela do norte, passando pela extremidade da Rua Geral, rente à tenda do general. Teria mil duzentas e cinquentas braças, porquanto se estenderia por toda a largura do acampamento, tendo trinta braças de largura, e iria chamar-se Rua da Cruz. Após ter traçado o alojamento do general e essas duas ruas, é preciso alojar agora as duas brigadas de minhas próprias tropas. Colocaria uma à direita da Rua Geral e outra à esquerda. Atravessando a Rua da Cruz, estabeleceria trinta e dois alojamentos à esquerda da Rua Geral e trinta e dois à direita. Mas, entre o décimo sexto e o décimo sétimo alojamento, deixaria um espaço de trinta braças que formaria uma rua transversal entre todos os outros alojamentos das brigadas, como vou explicar ao falar da distribuição dos diversos alojamentos. Nessas duas fileiras de alojamentos, os primeiros de cada lado da Rua da Cruz seriam destinados aos comandantes dos armeiros e os quinze alojamentos que se seguem de cada lado a seus armeiros. Como cada brigada conta cento e cinquenta deles, haveria assim dez guardas de armas em cada alojamento. Os alojamentos dos comandantes teriam quarenta braças de largura e dez de comprimento. Convém lembrar aqui que por largura entendo o espaço que se estende do sul ao norte e por comprimento, aquele que vai do poente ao levante. Os alojamentos dos armeiros teriam quinze braças de comprimento e trinta de largura. Nos quinze alojamentos seguintes, que estão do outro lado da Rua Transversal e que teriam as mesmas dimensões daqueles dos armeiros, colocaria a cavalaria ligeira que, igualmente composta de cento e cinquenta homens, daria dez cavaleiros para cada alojamento. O décimo sexto desses alojamentos seria ocupado, em cada lado, pelo comandante dessa cavalaria e teria o mesmo tamanho daquele do comandante dos armeiros. Assim, os alojamentos da cavalaria das duas brigadas estariam colocados nos dois lados da Rua Geral e serviriam de modelo para traçar os alojamentos da infantaria, como vou explicar.

 Acabo de alojar os trezentos cavaleiros de cada brigada com seus comandantes em trinta e dois alojamentos, colocados na Rua Geral, começando na Rua da Cruz. Entre o décimo sexto e o décimo sétimo, deixei um espaço de trinta braças que forma a Rua Transversal. Agora, é preciso alojar os vinte batalhões que compõem as duas brigadas ordinárias. Tomando dois batalhões por vez, eu os colocaria atrás dos dois lados da cavalaria. Seus alojamentos, como aqueles dos cavaleiros, teriam quinze braças de comprimento e trinta de largura e tocarão a esses por trás. Cada primeiro alojamento de cada lado junto à Rua da Cruz seria ocupado pelo comandante de um batalhão e estaria colocado assim na mesma linha daquele do comandante dos armeiros. Somente esse alojamento teria vinte braças de largura e dez de comprimento. Nos outros quinze alojamentos que se seguem de cada lado até a Rua Transversal, colocaria de cada lado um batalhão de infantaria que, formado de quatrocentos e cinquenta homens, daria trinta homens por alojamento. Após ter passado a Rua Transversal, colocaria atrás da cavalaria ligeira quinze outros alojamentos de mesmo tamanho que serão ocupados de cada lado por outro batalhão de infantaria. Desses dois lados, os dois últimos alojamentos em direção ao levante serão destinados aos comandantes dos dois batalhões e colocados na mesma linha daqueles dos dois comandantes da cavalaria ligeira. Teriam igualmente dez braças de comprimento por vinte de largura. Essas duas primeiras filas de alojamentos seriam assim divididas entre a cavalaria e a infantaria. Como quero que essa cavalaria seja, como já disse, totalmente devotada ao serviço e que não teria, portanto, nenhum ajudante para auxiliá-la e cuidar dos ferimentos dos cavalos, ordenaria, como os romanos, aos batalhões alojados atrás dela a ajudá-la e a ficar a suas ordens, isentando-os de todos os outros serviços do acampamento.

Atrás dessas duas fileiras de alojamentos, deixaria de cada lado um espaço de trinta braças que formaria duas ruas que chamaríamos a uma Primeira Rua da Direita e à outra, Primeira Rua da Esquerda. Da mesma maneira, formaria outras duas fileiras de trinta e dois alojamentos, nos quais colocaria de cada lado quatro batalhões com seus comandantes. Três fileiras de alojamentos de cada lado da Rua Geral bastariam para a cavalaria e para a infantaria das duas brigadas ordinárias.

As duas brigadas auxiliares, compostas do mesmo número de homens, seriam alojadas da mesma maneira que as duas brigadas ordinárias, uma de cada lado dessas. Começaria, portanto, por assentar uma dupla fileira de alojamentos, divididos entre a cavalaria e a infantaria dessas duas brigadas e separadas da última fileira das brigadas ordinárias por um espaço de trinta braças que, de um lado, seria chamado Terceira Rua da Direita e, do outro, Terceira Rua da Esquerda. Colocaria em seguida, de cada lado, duas outras fileiras de alojamentos, separados e ocupados da mesma maneira que os outros, formando duas outras ruas que seriam designadas igualmente de acordo com o número e o lado em que estariam dispostas. Assim, todo esse exército seria alojado em doze fileiras duplas de alojamentos, assentados em treze ruas, contando a Rua Geral e a Rua da Cruz. Finalmente, entre os diversos alojamentos e as trincheiras, deixaria um espaço de cem braças, o que daria no total, desde o centro do alojamento do general até a porta do Levante, de seiscentas e oitenta braças.

Desse lado, restam ainda dois espaços a preencher. O primeiro, desde o alojamento do general até a porta do sul e o outro, até a porta do norte. Medindo-os, a partir do centro do alojamento, cada um deles ocupa um espaço de seiscentas e vinte e cinco braças. Mas, se eu tirar, primeiro, cinquenta braças ocupadas pelo alojamento do general; segundo, quarenta e cinco braças para a praça que deixo de cada lado do alojamento; terceiro, trinta braças para a rua que separa em dois cada um desses espaços; quarto, as cem braças que ficam livres em torno de todas as trincheiras, deveria sobrar para os alojamentos a assentar ali um espaço de quatrocentas braças de largura e de cem de comprimento, o que iguala o comprimento do espaço ocupado pelo alojamento do general. Cortando esses dois espaços em dois, seguindo seu comprimento, haveria de assentar em cada um deles quarenta alojamentos de cinquenta braças de comprimento e vinte de largura, o que daria oitenta alojamentos destinados aos comandantes de brigada, aos tesoureiros, aos mestres de acampamento e, enfim, a todos os serviçais do exército. Teria o cuidado de deixar sempre alguns vacantes para os estrangeiros que viessem visitar o exército e para os voluntários que viessem prestar serviço para cativar as boas graças do general.

Atrás do alojamento do general, traçaria uma rua do sul ao norte, de trinta braças de largura, e que chamaria de Rua da Frente. Ela passaria ao longo dos oitenta alojamentos de que acabo de falar, os quais, juntamente com o alojamento do general, estariam assim dispostos entre essa rua e a Rua da Cruz. Dessa Rua da Frente e, de frente ao alojamento do general, traçaria outra rua até a porta do Poente, de trinta braças de largura, que por sua posição e seu comprimento atingiria a Rua Geral e que chamaria de Rua da Praça. Após ter traçado essas duas ruas, assentaria a Praça, onde manteria o mercado. Ficaria na extremidade da Rua da Praça, defronte do alojamento do general, atingindo a Rua da Frente e formaria um quadrado de noventa e seis braças. À direita e à esquerda dessa praça, haveria duas fileiras de oito alojamentos duplos, tendo cada um doze braças de comprimento e trinta de largura. A praça encontrar-se-ia, assim, entre dezesseis alojamentos que totalizariam trinta e dois, contando os dois lados. Ali eu colocaria a cavalaria extra das brigadas auxiliares.

Se não pudesse ser ali alojada por inteiro, destinar-lhe-ia alguns dos alojamentos que estariam dos dois lados do quartel general, aqueles principalmente posicionados rente às trincheiras.

Faltaria alojar agora os lanceiros e os *vélites* extraordinários ligados às brigadas que têm, cada uma delas, como se sabe, além de seus dez batalhões, mil lanceiros extraordinários e quinhentos *vélites*, o que totaliza, para minhas próprias brigadas, dois mil lanceiros e mil *vélites* extraordinários e outros tantos para as brigadas auxiliares. Teria ainda, portanto, que alojar seis mil homens de infantaria que colocaria todos a poente, ao longo das trincheiras. Desse modo, na extremidade da Rua da Frente, do lado norte, deixando o espaço de cem braças até as trincheiras, colocaria uma fileira de cinco alojamentos duplos que ocupariam setenta e cinco braças de comprimento e sessenta de largura, de tal modo que, dividindo a largura, cada alojamento teria quinze braças de comprimento e trinta de largura. Como haveria dez alojamentos, colocaria trezentos homens, trinta em cada alojamento.

Deixando a seguir um espaço de trinta e uma braças, assentaria da mesma maneira e com as mesmas dimensões outra fileira de cinco alojamentos duplos, seguida de outra até formar cinco fileiras de alojamentos duplos, totalizando cinquenta alojamentos, colocados em linha reta no lado norte, todos igualmente afastados de cem braças das trincheiras e ocupados por mil e quinhentos homens de infantaria. Depois, girando à esquerda, em direção à porta do Poente, colocaria dali até essa porta cinco outros alojamentos duplos, conservando as mesmas dimensões, com a diferença que não haveria senão quinze braças de espaço entre uma fileira e outra. Ali, eu alojaria também mil e quinhentos homens. Assim, da porta norte até aquela do poente, havendo assentado ao longo dos fossos quinhentos alojamentos duplos, poderia neles alojar todos os lanceiros e os *vélites* extraordinários de minhas próprias brigadas. Da porta do poente até aquela do sul, da mesma maneira assentaria, ao longo das trincheiras, conservando sempre as cem braças de distância, dez fileiras de dez alojamentos cada uma, destinadas aos lanceiros e aos *vélites* extraordinários das brigadas auxiliares. Os comandantes escolheriam, do lado das trincheiras, os alojamentos que lhes parecessem mais cômodos. Finalmente, colocaria a artilharia ao longo das trincheiras.

Todo o espaço que ficasse vazio do poente seria ocupado pelo séquito do exército e por todo o aparato do acampamento. Deve-se saber que, por essa expressão aparato do acampamento, os antigos entendiam tudo o que é necessário para o exército, além dos soldados, como os carpinteiros, os ferreiros, os ferradores, os pedreiros, os engenheiros, os artilheiros, embora esses pudessem ser considerados como verdadeiros soldados; os pastores com seus rebanhos de bois e de ovelhas, necessários para a subsistência do exército; finalmente, os artesãos de todo tipo com os carregamentos das munições de guerra e munições da artilharia. Não faria qualquer distinção particular para o alojamento de todo esse aparato. Tomaria cuidado somente para que não ocupasse as diferentes ruas traçadas e destinar-lhe-ia, de modo geral, os quatro espaços diferentes que se encontram formados por essas ruas; um seria para os rebanhos, outro para os artesãos, o terceiro para as munições de artilharia e o quarto para as munições de guerra. As ruas que deveriam permanecer livres seriam a Rua da Praça, a Rua da Frente e outra que seria chamada Rua do Centro e que iria do norte ao sul, atravessando a Rua da Praça, sendo para o poente o que a Rua Transversal seria para o levante. Traçaria ainda, atrás desses quatro espaços, outra rua que seguiria ao longo dos alojamentos dos *vélites* e dos lanceiros extraordinários. Todas essas ruas teriam trinta braças de largura e a artilharia, como já o disse, seria colocada por detrás dos fossos do acampamento.

Battista – Confesso que conheço muito pouco da guerra e não me envergonho disso porque a guerra não é minha profissão. Tuas disposições, no entanto, parecem-me muito bem ordenadas, mas tenho duas dificuldades. Gostaria de saber, em primeiro lugar, por que dás tanta largura às ruas e aos espaços que estão em torno dos alojamentos. Segundo, e isso me embaraça mais, de que maneira é preciso alojar-se nos espaços que destinaste para isso.

Fabrizio – Dou às ruas trinta braças de largura para que um batalhão de infantaria possa passar por ela em ordem de batalha e cada batalhão, como deveis vos lembrar, ocupe vinte e cinco a trinta braças de largura. Quanto ao espaço que separa os alojamentos das trincheiras, dei-lhe cem braças para que os batalhões e a artilharia se desdobrem facilmente, para que se possa fazer passar por ele os despojos e, se necessário, retirar-se aí, atrás de novos fossos e novas trincheiras. Por outro lado, é útil que os alojamentos estejam afastados das trincheiras, porque estariam menos expostos ao fogo e outros ataques do inimigo.

Quanto à segunda dificuldade, não pretendo que haja uma única tenda em cada espaço que tracei. Aqueles que devem se alojar nesse espaço, nele colocarão mais ou menos tendas, segundo melhor lhes convier, contanto que não saiam da linha que lhes é prescrita.

Para traçar adequadamente esses espaços, é preciso ter homens muito exercitados e hábeis engenheiros que, tão logo o general tenha escolhido sua posição, dispõem a forma do acampamento, fazem a distribuição, traçam as ruas, indicam os alojamentos com cordas e estacas e executam todas essas disposições com tal presteza que o trabalho seja feito num instante. A fim de evitar toda confusão, é preciso ter cuidado em orientar o acampamento sempre para o mesmo ponto, para que cada um saiba em qual rua e em qual espaço há de encontrar seu alojamento. É um hábito que deve ser conservado todo tempo e em todos os lugares, de modo que o acampamento seja como uma cidade móvel que, para qualquer lugar que seja transportada, leve com ela as mesmas ruas, as mesmas habitações e apresente sempre o mesmo aspecto. É uma vantagem que não têm aqueles que, procurando posições naturalmente muito fortes, são forçados a sujeitar a forma de seu acampamento às variações do terreno. Os romanos, ao contrário, contentavam-se em fortificar seu acampamento por fossos, redutos e outras trincheiras. Levantavam paliçadas em torno do acampamento e, se necessário, cavavam um fosso, geralmente de seis braças de largura e três de profundidade, e o aumentavam ou o cavavam mais fundo, tendo que permanecer mais tempo no local ou se o inimigo lhes parecia mais temido.

De minha parte, não levantaria paliçadas, a menos que quisesse passar o inverno no acampamento. Eu me contentaria com fossos, redutos não menores que aqueles dos romanos, reservando-me de lhes conferir maior extensão, segundo as circunstâncias. Faria cavar também, por causa da artilharia, um fosso em meio círculo em cada ângulo do acampamento. Assim, poderia bater pelo flanco o inimigo que viesse atacar as trincheiras. Deve-se treinar muito o exército para esses diversos trabalhos dos acampamentos, habituar os oficiais a traçar um acampamento com presteza e os soldados a reconhecer num instante seus diferentes alojamentos. É um exercício que não oferece nenhuma dificuldade, como vou explicar a seguir. Quero falar agora dos guardas do acampamento, pois sem esse importante objeto, todos nossos trabalhos se tornariam inúteis.

Battista – Antes de passar a esse assunto, peço que me digas quais as precauções se deve tomar quando se pretende acampar perto do inimigo. Parece-me que então não se poderá, sem perigo, fazer todos os preparativos que acabas de recomendar.

Fabrizio – Nunca um general irá acampar perto do inimigo, a não ser que tenha a intenção de enfrentá-lo numa batalha quando este quiser aceitá-la. Com semelhante resolução, não corre nenhum perigo extraordinário, porque, então, ele mantém sempre prontos para o combate seus dois primeiros destacamentos de batalha, enquanto que o terceiro fica encarregado do acampamento. Numa ocasião semelhante, os romanos transferiam esse cuidado aos triários (veteranos da reserva), enquanto que os lanceiros e os príncipes ficavam em forma de combate. De fato, os triários, sendo os últimos a combater, tinham sempre o tempo, quando o inimigo chegava, de deixar seu trabalho, de tomar as armas e de colocar a postos. A exemplo dos romanos, confiaria o acampamento aos batalhões que, como os triários, estariam na última linha do exército.

Mas, vamos voltar aos guardas do acampamento. Não me lembro se os antigos colocavam durante a noite, a alguma distância do acampamento, esses guardas avançados que hoje chamamos de sentinelas. Pensavam, sem dúvida, que esse meio expunha o exército a enganos funestos e esses guardas podiam se perder, ser seduzidos ou presos pelo inimigo, sendo, portanto, muito perigoso confiar mais ou menos em semelhante garantia. Toda a força de seus guardas estava, pois, no interior de suas trincheiras, onde a guarda era feita com um cuidado e uma ordem extraordinários, porquanto todo soldado que nesse posto falhasse era punido de morte. Não vou me deter em explicar suas diferentes normas a respeito, pois vos estaria enfadando inutilmente. É fácil procurar informação sobre isso pessoalmente, se por acaso já não vos interessaste a respeito até hoje. Aqui está, em poucas palavras, o que gostaria de estabelecer em meu exército. Todas as noites, nos tempos normais, exigiria estar sob armas um terço do exército e, desse terço, um quarto estaria sempre de prontidão e repartido nas trincheiras e nos principais postos do acampamento, com guarda dupla em cada ângulo. Alguns ficariam de sentinela e os outros fariam o patrulhamento contínuo de uma extremidade à outra do acampamento. A mesma ordem deveria ser observada durante o dia, quando o exército estiver perto do inimigo.

Não vou falar da palavra de ordem, da necessidade de renová-la todos os dias e de todas as outras disposições a tomar para a guarda do acampamento. Tudo isso é conhecido de todos. Mas, há uma precaução muito importante que previne muitos perigos quando é tomada com exatidão e pode trazer grandes danos quando é negligenciada. É a de observar com extrema atenção àqueles que, durante a noite, ausentam-se do acampamento ou ousam nele se introduzir. É um cuidado que não é difícil com a ordem que pretendo estabelecer, pois, cada alojamento, sendo ocupado por um número determinado de homens, pode-se ver facilmente se nele há um número maior ou menor. Aqueles que se ausentam sem permissão, deve-se puni-los como desertores, e os estranhos devem ser interrogados sobre sua condição, sua profissão e suas outras qualidades. Essa vigilância impede o inimigo de fazer contatos com vossos oficiais e de ficar ao corrente de vossos planos. Sem essa contínua atenção, Cláudio Nero jamais teria conseguido, diante de Aníbal, afastar-se de seu acampamento da Lucânia e retornar, após ter estado nas Marcas, sem que Aníbal sequer suspeitasse.

Mas, não basta que esses regulamentos sejam úteis. É preciso ainda fazê-los executar com grande severidade, porque em nenhuma circunstância se deixa de ter necessidade de extrema exatidão por parte do exército. As leis estabelecidas para salvar um exército devem ser, portanto, muito rigorosas e executadas sem piedade. Os romanos puniam de morte quem quer que faltasse à guarda ou abandonasse o posto que lhe havia sido destinado no combate, quem quer que levasse em segredo pertences do acampamento, quem quer que se gloriasse de uma bela ação que não tivesse realizado, que combatesse sem a ordem de seu general ou, por medo, jogasse suas armas diante do inimigo. Quando, por acaso, uma coorte ou uma legião inteira se havia tornada culpada de semelhante falta, como não se podia condená-la por inteiro, eram lançadas as sortes e um soldado de cada dez era condenado à morte. Infligida desse modo a pena, se todos não eram atingidos, pelo menos todos passavam a temê-la.

Como é preciso grandes recompensas sempre que as penas são muito rigorosas, a fim de que os homens tenham igual motivo para temer e esperar, os romanos haviam estabelecido um preço para cada grande ação. Para aquele, por exemplo, que, durante o combate, salvava a vida de seu concidadão, para aquele que havia sido o primeiro a entrar uma cidade sitiada ou no acampamento inimigo, aquele que feria ou matava o inimigo ou o tirava de seu cavalo. Todos esses atos de coragem eram reconhecidos e recompensados pelos cônsules e elogiados publicamente por todos os cidadãos. O soldado que tivesse obtido honras militares por qualquer uma dessas grandes ações, além da glória e da consideração que gozavam entre seus companheiros, ao retornarem à pátria, eram conduzidos com pompa e aparato sob os olhares de seus parentes e amigos. Deve-se, pois, ficar estupefato pelo poder de um povo que punia ou recompensava com tal exatidão aqueles que, por suas boas ou más ações, haviam merecido os elogios ou a censura?

Os romanos haviam estabelecido uma pena especial que acho não devo deixá-la passar sob silêncio. Quando o culpado era reconhecido como tal pelo tribuno ou pelo cônsul, esses batiam nele levemente com uma vara e então lhe davam permissão de fugir e aos soldados, de matá-lo. Todos atiravam pedras ou dardos contra ele ou atacavam com outras armas. Era difícil para ele ir muito longe e muito poucos escapavam. Mesmo esses, porém, não podiam voltar para sua pátria, sem ficarem cobertos de vergonha e de ignomínia, e a morte era para eles um suplício menos rigoroso. Essa pena dos romanos foi adotada pelos suíços. Os soldados condenados à morte são executados publicamente por seus companheiros. Isso é muito sábio e bem estabelecido. O melhor meio de impedir um homem de defender um culpado é de encarregá-lo da punição desse culpado porque o interesse que esse lhe inspira e o desejo de seu castigo o agitam de modo totalmente diverso, quando a punição é colocada em suas mãos ou confiada a outro.

Se não se quiser que o povo se torne cúmplice dos planos culposos de um cidadão, deve-se fazer com que o povo seja seu juiz. Manlius Capitolinus pode ser citado em apoio a essa opinião. Acusado pelo Senado, foi defendido pelo povo enquanto o povo foi seu juiz; a partir do momento em que foi árbitro de seu destino, condenou-o à morte. Esse tipo de pena é, portanto, muito apropriada para prevenir as sedições e para manter a execução da justiça. Como o temor das leis ou dos homens não um freio bastante poderoso para os soldados, os antigos acrescentavam a autoridade de Deus. Eles obrigavam, portanto, seus soldados a jurar, em meio a toda a pompa das cerimônias religiosas, ficar fiéis à disciplina militar. Procuravam por todos os meios possíveis fortalecer neles o sentimento da religião, a fim de que cada soldado que violasse seu dever tivesse de temer, não somente a vingança dos homens, mas também a cólera de Deus.

Battista – Os romanos toleravam que houvesse mulheres em seus exércitos ou que o soldado se divertisse com todos esses jogos que hoje são autorizados?

Fabrizio – Tanto um como outro eram, entre eles, severamente proibidos. E essa proibição não era muito difícil de ser mantida. Eles tinham tantos exercícios, em conjunto ou particulares, que mantinham o soldado constantemente ocupado, não lhe sobrando tempo em sonhar com o jogo ou com o amor e com todos os outros divertimentos de nossos ociosos e indisciplinados soldados.

Battista – Isso é suficiente. Mas, qual era sua maneira de levantar acampamento?

Fabrizio – A trombeta geral tocava três vezes. Ao primeiro toque, levantavam as tendas e arrumavam as bagagens. Ao segundo toque, carregavam os animais de carga e, ao terceiro, o exército punha-se em movimento na ordem que já expliquei, com os equipamentos atrás de cada destacamento do exército e as legiões ao centro. Assim, deve-se fazer partir em primeiro lugar uma brigada auxiliar, a seguir seus equipamentos particulares e um quarto dos equipamentos gerais que teria sido alojado por inteiro num dos quatro espaços que destinei aos equipamentos no acampamento. Seria conveniente assinalar para cada brigada um desses quartos para que, no momento de levantar acampamento, cada um daqueles que o ocupam soubesse qual brigada deveria seguir. E cada brigada, seguida de seus equipamentos próprios e de um quarto dos equipamentos gerais, marcharia na ordem que expliquei ao falar do exército romano.

Battista – Os romanos tinham outras regras de acampamento, além daquelas que nos descreveste?

Fabrizio – Repito que os romanos queriam conservar constantemente a forma de seu acampamento. Todas as outras considerações cediam àquela. Há dois pontos, porém, que jamais perdiam de vista. Procuravam sempre um lugar sadio e cuidavam para nunca correr o risco de serem sitiados pelo inimigo ou de ter a água e os víveres cortados. Para evitar as doenças, afastavam-se dos lugares pantanosos e expostos a ventos contagiosos. Reconheciam esse perigo mais pela aparência dos habitantes do que pela qualidade do terreno. Quando viam os habitantes com uma cor ruim, asmáticos ou atacados por qualquer outra doença, buscavam outro lugar para acampar. Para não correr o risco de ser sitiado, é preciso examinar de que lado e em que lugar estão os amigos ou os inimigos e, desse modo, julgar o que há para temer. Um general deve, portanto, conhecer perfeitamente todas as posições de uma região e ter em torno dele homens que igualmente a conheçam bem.

Evitam-se as doenças e a fome, submetendo o exército a um regime regulado. Se se pretende conservar a saúde dos soldados, deve-se obrigá-los a deitar sempre sob a tenda, deve-se escolher para acampar lugares que ofereçam sombra e forneçam lenha para cozinhar os alimentos. Não se deve fazê-los marchar durante intenso calor, tendo o cuidado, portanto, de levantar acampamento, durante o verão, antes de o dia raiar. Durante o inverno, não se deve pô-los em marcha no meio de gelo e neve, a não ser quando tiverem os meios para encontrar fogo para se aquecer. Deve-se ter cuidado para que estejam sempre bem vestidos e não bebam águas insalubres. Deve-se ter sempre médicos para cuidar daqueles que caem doentes, porque nada se pode esperar de um general que tem igualmente de combater tanto as doenças quanto o inimigo. Mas, o melhor meio de manter a saúde dos soldados é por intermédio dos exercícios. Por isso, os antigos treinavam seus exércitos todos os dias. Deve-se, portanto, considerar bem o preço desses exercícios: no acampamento dão a saúde e, no combate, a vitória.

Não basta, para prevenir a fome, impedir o inimigo de cortar os víveres. É preciso também ter no acampamento abundantes provisões e impedir o desperdício. Deve-se, portanto, ter sempre junto ao exército víveres por um mês e que os aliados sejam obrigados a fornecer mais todos os dias. É preciso estabelecer pontos de distribuição em algumas das praças fortes e repartir as provisões com tal economia que cada soldado só receba cada dia uma medida razoável. Que essa parte da administração militar seja objeto de toda a atenção, pois com o tempo pode-se vencer totalmente a guerra, mas a fome sozinha com o tempo triunfa sobre a gente. Nunca um inimigo que pode vencer pela fome vai procurar vencer pela espada. Se sua vitória, em tal caso, não é tão honrosa, é, no entanto, mais certa e mais segura. É um perigo inevitável para qualquer exército que não é guiado pelo espírito de justiça e que consome seus víveres sem medida e ao bel-prazer de seus caprichos. A injustiça impede a chegada de todas as provisões e o desperdício as torna inúteis. Os antigos queriam que cada soldado consumisse de uma vez e ao mesmo tempo toda a porção que lhe era destinada, pois o exército só comia quando o general tomava sua refeição. Sabe-se muito bem o que ocorre a esse respeito nos exércitos modernos. Longe de ser, como os antigos, modelos de economia e de sobriedade, pelo contrário, são escolas de desregramento e de embriaguez.

Battista – Quando começaste a nos falar do acampamento, disseste que não querias, como até então, operar com duas brigadas, mas com quatro, para nos ensinar a fazer acampar um exército completo. Tenho duas perguntas sobre isso. Como haveria de traçar meu acampamento para tropas mais ou menos numerosas? E, que número de soldados deveria compor um exército capaz de combater qualquer espécie de inimigo?

Fabrizio – Respondo à primeira pergunta. Se o exército é mais ou menos forte com quatro ou seis mil homens, acrescenta-se ou corta-se na proporção das fileiras de alojamentos e essa proporção crescente ou decrescente pode assim chegar ao infinito. Entretanto, quando os romanos reuniam seus dois exércitos consulares, formavam dois acampamentos que se uniam pela retaguarda.

Quanto à segunda pergunta, observo que o exército romano, composto nos tempos normais aproximadamente de vinte e quatro mil homens, jamais chegava a ter, nos grandes perigos da república, além de cinquenta mil homens. Foi um exército semelhante que os romanos enviaram contra duzentos mil gauleses que atacaram a Itália depois da primeira guerra púnica e, contra Aníbal, não opuseram forças mais numerosas. Deve-se observar que os romanos e os gregos nunca entraram em guerra senão com exércitos pouco consideráveis, mas tinham a arte e a disciplina. Pelo contrário, os povos do Oriente e do Ocidente sempre a fizeram pelo número. O que movia os ocidentais era sua impetuosidade natural e, para os orientais, era sua profunda obediência a seu monarca. Esses dois aspectos, inexistindo na Grécia e na Itália, foi necessário recorrer à disciplina, cujo poder é de tal modo invencível que, por meio dele, um pequeno número pôde triunfar contra o furor e o encarniçamento de uma imensa multidão. Como queremos imitar os gregos e os romanos, nosso exército não terá mais de cinquenta mil homens, se for mesmo vantajoso chegar a esse número, pois a multidão só traz confusão e destrói todas as vantagens da disciplina e dos exercícios. Pirro tinha o costume de dizer que com quinze mil homens encarregar-se-ia de conquistar o mundo. Mas, vamos passar para outra questão.

Levamos nosso exército a ganhar uma batalha e falamos dos diversos acidentes que podem ocorrer durante o combate. A seguir, o pusemos em marcha e prevismos todos os perigos que pode encontrar durante sua caminhada. Finalmente, o deixamos acampado para repousar um pouco de tantas fadigas e agora vamos falar dos meios de terminar a guerra. De fato, são o momento e o local de tratar de semelhantes aspectos, sobretudo se há que temer cidades suspeitas ou inimigas, sendo o caso de se assegurar a respeito de umas e atacar as outras. É preciso falar desses diversos assuntos e suplantar todas essas dificuldades com a mesma determinação com que combatemos até aqui. Vamos, portanto, tratar desses particulares.

Se diversos povos se determinam a operações funestas contra eles próprios e úteis para nós, como expulsar uma parte de seus concidadãos ou abater as fortificações de suas cidades, é preciso deixá-los tão alheios a nossos planos que nenhum deles desconfie que estamos ocupados com ele e que, negligenciando proteger-se uns aos outros, sejam todos eles sucessivamente esmagados. Ou então, devemos impor nossas condições a todos eles num mesmo dia, de tal modo que, cada um deles, achando-se o único atingido, só pensará em obedecer e não em resistir. Assim, todos serão submetidos, sem que haja qualquer contratempo. Se houver suspeita da fidelidade de algum povo e querendo assegurar-se, atacando-o de improviso, o meio mais seguro de encobrir os planos é comunicar a esse povo algum outro plano, para o que se necessita de seu auxílio e demonstrar estar ocupado com qualquer outra coisa, menos com o que diz respeito a ele. Pensando então que não será atacado, afrouxará seu estado de alerta e se poderá executar sem dificuldade os planos.

Quando houver suspeita de que há um traidor no próprio exército que transmite os planos ao inimigo, é preciso tirar partido de sua perfídia, comunicar-lhe algum empreendimento que sequer se pensa em levar adiante e esconder-lhe aquele que se tem em mente, fingir ter receio de algum plano que não causa qualquer sobressalto e dissimular os verdadeiros temores. Com isso, o inimigo, pensando ter penetrado em nosso pensamento, será levado a algum movimento previsto de antemão e vai cair assim na armadilha que lhe foi tramada.

Se, como diz Cláudio Nero, quiser diminuir-se o exército para prestar socorro a algum aliado, sem que o inimigo perceba, deve-se ter o cuidado de não cerrar fileiras no próprio exército, de manter as mesmas fileiras e os mesmos estandartes, enfim, de nada mudar com relação ao número de guardas e de tendas. Se, pelo contrário, quiser esconder-se ao inimigo o reforço recebido de novas tropas, deve-se evitar de aumentar a extensão do acampamento. Pode-se ver que, por esses diversos estratagemas, o hábito do segredo é da mais alta importância. Por isso Metellus, em guerra na Espanha, respondeu a alguém que lhe perguntava o que faria no dia seguinte: "Se minha camisa o soubesse, eu a queimaria imediatamente." Um homem do exército de Crasso lhe perguntava quando levantaria acampamento. Respondeu-lhe: "Achas, então, que és o único que não ouve a trombeta?"

Para penetrar nos segredos do inimigo e conhecer suas disposições, alguns generais lhe enviaram embaixadores acompanhados de hábeis oficiais, disfarçados em servos, que, aproveitando a ocasião para examinar seu exército e observar seus pontos fortes e fracos, forneceram os meios de vencê-lo. Outros, exilaram um de seus confidentes que, retirando-se com o inimigo, conseguiu descobrir e transmitir todos os seus planos. Os prisioneiros servem igualmente de informantes sobre os planos do inimigo. Mário, em sua guerra contra os cimbros, querendo assegurar-se da fidelidade dos gauleses cisalpinos, aliados do povo romano, enviou-lhes cartas lacradas e outras abertas. Nestas, recomendava de não abrir as outras senão numa determinada época. Pedindo-as de volta antes dessa época, viu que haviam sido violadas e que não podia contar com eles.

Outros generais, em lugar de enfrentar o inimigo que vinha atacá-los, levaram a guerra para o país dele, a fim de forçá-lo a retornar para deter suas devastações. Esse meio teve êxito muitas vezes. Com isso, o soldado se forma para a vitória, adquire confiança e despojos, enquanto o inimigo, pensando que a sorte o abandonou, começa a perder coragem. Esse desvio pode ser muito útil, mas não pode ter lugar senão quando o próprio país está mais fortificado do que o do inimigo, caso contrário, pode-se perder. Muitas vezes um general, sitiado em seu acampamento, conseguiu se salvar ao entabular negociações e assegurar uma trégua de alguns dias. A vigilância do adversário foi afrouxada e, aproveitando dessa negligência, pôde salvar seu exército. Foi por esse meio que Silas escapou duas vezes com grande êxito, e Asdrúbal frustrou na Espanha os planos de Cláudio Nero que o mantinha sitiado. Em circunstância semelhante, pode-se também fazer algum movimento que mantenha o inimigo em suspenso, seja atacando-o com uma parte das tropas, de modo que, atraindo para esse lado toda a sua atenção, possa ter-se o tempo de salvar o restante do exército, seja fazendo surgir algum acontecimento imprevisto, cuja novidade o mantenha na incerteza e no embaraço. Foi o estratagema usado por Aníbal que, sendo atacado por Fábio, durante a noite amarrou feixes nos chifres de vários rebanhos de bois e ateou-lhes fogo. Esse espetáculo inesperado atraiu toda a atenção de Fábio que não pensou em fechar todas as outras passagens a Aníbal.

Um general deve procurar, acima de tudo, dividir as forças que tem para combater, seja tornando suspeitos ao general inimigo os homens em quem mais confia, seja dando-lhe qualquer motivo para separar suas tropas e assim enfraquecer seu exército. No primeiro caso, tentará atender aos interesses de alguns amigos de seu adversário, fará respeitar, durante a guerra, suas posses e devolverá sem resgate suas crianças e seus amigos prisioneiros. Aníbal mandou queimar todos os campos em torno de Roma, mas poupou as posses de Fábio. Coriolano, chegando às portas de Roma, respeitou os bens dos nobres, mas mandou queimar e saquear aqueles do povo. Metellus, na guerra contra Jugurta, empenhava todos os embaixadores que esse lhe enviava para que entregassem seu chefe em suas mãos e nas cartas que lhes escrevia depois, insistia sempre sobre esse mesmo plano. Por esse meio, todos os conselheiros de Jugurta se tornaram suspeitos e ele mandou matar a todos, um após outro. Os embaixadores romanos tiveram conferências tão íntimas na aparência com Aníbal, refugiado com Antíoco, que este ficou tão desconfiado que Aníbal perdeu toda a confiança nele.

O meio mais seguro para dividir as forças do inimigo é atacar seu país. Será forçado a defendê-lo e a deixar o teatro da guerra. Foi o estratagema usado por Fábio que tinha de deter as forças reunidas dos gauleses, dos etruscos, dos umbros e dos samnitas. Tito Dímio, diante de um inimigo superior em forças, esperava uma legião, à qual o inimigo queria fechar-lhe a passagem. Dímio, para desbaratar esse plano, espalhou o boato em todo o seu exército que entraria em combate no dia seguinte e agiu de tal modo que alguns de seus prisioneiros tivessem a oportunidade de fugir. Esses espalharam a notícia em seu acampamento e o inimigo, para não dividir suas forças, renunciou ao plano de ir atacar a legião que chegou sem obstáculos ao acampamento de Dímio. Aqui se tratava, não de enfraquecer as forças do inimigo, mas de aumentar as próprias.

Vários generais deixaram de propósito o inimigo penetrar em seu país e se apoderar de algumas praças fortes, a fim de que, sendo obrigado a deixar guarnições nessas e assim enfraquecer suas forças, pudessem mais facilmente atacá-lo e vencê-lo. Outros generais, pensando em invadir uma província, fingiram estar interessados em outra e, caindo repentinamente sobre aquela em que menos eram esperados, delas se apoderaram, sem que se tivesse tempo de lhe prestar socorro. O inimigo, desconhecendo a intenção de que se retorne ao ponto anteriormente ameaçado, se vê obrigado a não abandonar esse e de prestar socorro ao outro e, assim, não pode defender nem um nem outro.

Um ponto muito importante para um general é de saber abafar um tumulto ou uma sedição que se tivesse levantado entre suas tropas. Para isso, deve castigar os chefes dos culpados, mas com tal presteza que o castigo tenha sido aplicado antes que tenham tempo de suspeitar. Se estão distantes, deve-se convocá-los, não somente os culpados mas o destacamento inteiro, a fim de que, sem desconfiar de que seja para castigá-los, não procurem escapar e, ao contrário, venham eles mesmos se apresentar para a punição. Se a falta foi cometida muito perto, é preciso cercar-se daqueles que são inocentes e, com a ajuda destes, punir os culpados. Se um espírito de discórdia se levantou entre as tropas, deve-se mandá-las ao lugar mais perigoso, pois um medo comum haverá de mantê-las unidas.

De resto, a verdadeira união de um exército é a consideração que nela possui o general, devida sempre por seu talento e que jamais haveria de esperar por seu nobre nascimento ou por sua autoridade. O primeiro dever de um general é garantir igualmente o soldo e as punições de seu exército, pois, sem soldo, cairia no vazio qualquer punição. De fato, como se poderia impedir um soldado de roubar, quando não é pago e não tem outro meio para se sustentar? Mas, se ao ter cuidado de que o soldo jamais falte ao exército, não se mantiver a severidade das penas, o soldado se torna insolente e perde todo o respeito por seu general. Este não terá mais meios para manter sua autoridade e, por essa razão, crescem os ódios e as sedições que são a ruína de um exército.

Os antigos generais tinham que vencer uma dificuldade que não se apresenta mais aos generais modernos, a de interpretar em seu favor os presságios sinistros. Se um raio caísse sobre o exército, se ocorresse um eclipse da lua ou do sol ou algum terremoto, se o general caísse ao montar ou apear do cavalo, todos esses acidentes eram interpretados desfavoravelmente pelos soldados e tinham tanto medo deles que, se nesse momento fossem conduzidos ao combate, devia-se esperar certamente por uma derrota. Os generais deviam então explicar esses acidentes como fatos naturais ou interpretá-los em seu favor. César, tendo caído no momento que desembarcava na

África, exclamou: "Tu és minha, África!" Outros tiveram de explicar a seus soldados as causas dos eclipses da lua ou os terremotos. Circunstâncias semelhantes não se apresentam mais em nossos dias, seja porque nossos soldados são menos supersticiosos, seja porque nossa religião afasta de nosso espírito esse tipo de medo. Mas, se por acaso, ocorresse algo dessa natureza, seria preciso então conduzir-se pelo espírito desses antigos generais.

Se o inimigo, impelido por um momento de desespero por causa da fome ou por alguma outra necessidade parecida ou por um cego espírito de furor, marcha para o combate, deve-se ficar no próprio acampamento e adiar o combate pelo maior tempo possível. Foi o estratagema que os lacedemônios usaram contra os messênios e César, contra Afrânio e Petreius. O cônsul Fúlvio, movendo guerra contra os cimbros e tendo feito durante vários dias escaramuças com a cavalaria, observou que o inimigo saía sempre de seu acampamento em perseguição. Em decorrência disso, armou uma emboscada atrás do acampamento dos cimbros, mandou a cavalaria atacar de novo e mais uma vez foi perseguida pelo inimigo; então, aqueles que estavam de emboscada caíram sobre o acampamento e o pilharam.

Estando dois exércitos frente a frente, muitas vezes um general mandou devastar seu próprio país, dando a algumas de suas tropas estandartes semelhantes aos do inimigo. Esse, enganado pela aparência, correu para ajudar suas tropas e compartilhar do saque. A desordem tomava conta assim de suas fileiras e acabava sendo facilmente vencido. É um estratagema que teve êxito muitas vezes e, particularmente, com Alexandre, rei de Épiro, na guerra contra os ilírios, e também com Lepteno de Siracusa, contra os cartagineses.

Outros generais, fingindo um falso medo, abandonaram seu acampamento repleto de carnes e vinhos, deixando assim ao inimigo a oportunidade de comer e beber sem medida. Quando esse se havia refestelado em excesso, caíram sobre ele e fizeram uma grande carnificina. Tamiris atacou dessa maneira Ciro e Graco, os povos da Espanha. Alguns, enfim, envenenaram esses mesmos víveres para garantir com maior segurança a vitória.

Já tive oportunidade de assinalar que nunca observei os antigos manter guardas avançados, fora do acampamento, durante a noite. Acredito que o motivo era de prevenir todos os perigos que disso poderiam resultar. De fato, muitas vezes, mesmo durante o dia, sentinelas postas à frente para observar o inimigo causaram a ruína de um exército porque se, por acaso, caíram nas mãos do inimigo, foram obrigadas a dar o sinal combinado para chamar suas próprias tropas que, logo ao chegar, foram tomadas e degoladas.

Muitas vezes pode-se enganar o inimigo mudando os hábitos, porque, então, ele se perde tentando se regular com aqueles que eram costumeiros. Foi assim que um general, que tinha o costume de anunciar a chegada do inimigo por fogos à noite e por fumaça durante o dia, mandou fazer ao mesmo tempo e sem interrupção muito fogo e fumaça que apagava com a aproximação do inimigo. Esse, avançando sem perceber o sinal de sua presença, acreditava que não seria descoberto e, com essa confiança, marchando sem qualquer precaução, foi derrotado sem dificuldade. Memnon de Rodes, querendo que o inimigo abandonasse uma posição muito forte, enviou-lhe um falso desertor que garantiu que o exército de Memnon estava em revolta e, em grande parte, em debandada. Para confirmar esse relato, Memnon provocou de propósito alguns tumultos em seu próprio acampamento. Então, o inimigo avançou com confiança para atacá-lo e foi completamente batido.

Jamais se deve levar o inimigo ao desespero. É uma regra que César seguiu numa batalha contra os germânicos. Percebendo que a necessidade de vencer lhes dava novas forças, abriu-lhes uma passagem e preferiu a dificuldade de persegui-los que a de vencê-los com perigo no campo de batalha. Lucullus, ao observar que alguns cavaleiros macedônios passavam para o lado do inimigo, mandou logo tocar o sinal de ataque e ordenou ao resto de seu exército para segui-los. O inimigo acreditou que Lucullus queria entrar em combate e se precipitou com tal impetuosidade sobre esses cavaleiros macedônios que esses foram obrigados a se defender e, em lugar de desertar, combateram com vigor.

É muito importante ainda garantir, antes ou após a vitória, uma cidade cuja fidelidade é suspeita. Pode-se, nesse aspecto, imitar alguns exemplos dos seguintes. Pompeu, desconfiando da fidelidade dos habitantes de Catana, pediu-lhes que recebessem dentro de suas muralhas alguns doentes de seu exército e enviou-lhes, sob esse disfarce, alguns de seus soldados mais intrépidos que se apoderaram da cidade. Públio Valério, tendo suspeitas semelhantes com os habitantes de Epidauro, convocou-os para uma cerimônia religiosa que teria lugar num templo fora dos muros da cidade e, quando todo o povo havia saído, só permitiu voltar a entrar aqueles de quem nada tinha a temer. Alexandre, o Grande, prestes a partir para a Ásia, querendo garantir a Trácia, levou com ele todos os príncipes do país, dando-lhes encargos em seu exército, e os substituiu por homens sem nobreza. Manteve assim esses nobres na fidelidade a seu serviço, concedendo-lhes um tratamento considerável, e o povo na obediência, afastando dele todos aqueles que poderiam levá-lo à rebelião.

De resto, o melhor meio para ganhar os povos é dar-lhes exemplos de justiça e de moderação. Foi assim que Cipião, na Espanha, entregou ao pai e ao marido uma jovem extremamente bela e conseguiu, com isso, muito mais que pelas armas, conquistar o coração dos espanhóis. César, ao mandar pagar as árvores que havia ordenado cortar para fazer uma paliçada em torno de seu exército, adquire uma grande fama de justiça que lhe facilitou a conquista do país. Parece-me que não tenho mais nada a acrescentar às diversas considerações que acabo de desenvolver e que esgotei tudo o que haveria a dizer sobre as diferentes circunstâncias em que um exército pode se encontrar. Falta falar da maneira de atacar e de defender praças fortes. Se não for enfado demais, vou descrever de bom grado essa última parte da arte da guerra.

Battista – Tua bondade é tão grande que satisfazes a todos os nossos desejos, sem nos deixar o receio de sermos indiscretos, porquanto nos ofereces generosamente o que não ousaríamos perguntar. Tenho a dizer somente que não poderias nos deixar mais satisfeitos e nos prestar um grande serviço, continuando esse colóquio. Mas, antes de perguntar, peço-te que me esclareças uma dúvida. É melhor continuar a guerra durante o inverno, como se faz hoje, ou manter a campanha somente durante o verão, preferindo, como os antigos, o recesso de inverno.

Fabrizio – Sem tua sábia observação, teria esquecido uma importante consideração que merece ser examinada. Repito que os antigos faziam tudo com mais sabedoria e melhor que nós e, se nós erramos por vezes em outros negócios da vida, na guerra sempre erramos totalmente. Nada mais perigoso e mais imprudente que fazer a guerra durante o inverno e é bem mais perigoso para o agressor do que para aquele que espera o ataque. Vou dar a razão. Todo o cuidado que se dá à disciplina militar tem por objetivo organizar um exército para dar combate ao inimigo. Esse é o principal objetivo de um general, porquanto do resultado de uma batalha depende o sucesso na guerra. Aquele que melhor souber organizar seu exército e mantê-lo mais bem disciplinado tem mais vantagem no dia de uma batalha e mais esperança de vencer. Por outro lado, não há maior obstáculo para o sucesso das manobras militares do que os terrenos desiguais ou as épocas de chuva e de frio rigoroso, porque os terrenos desiguais não permitem desdobrar as fileiras de acordo com as regras da tática e porque não se pode, nas épocas de frio e úmidas, reunir as tropas e se apresentar em massa contra o inimigo. Pelo contrário, sendo obrigado a acampar sem ordem, a grandes distâncias, e a se regular pelos vilarejos, pelos castelos e pelas fazendas em que se pode acampar, o que torna inútil toda a dificuldade que se teve em treinar o próprio exército.

Não há motivo para se surpreender, de resto, que hoje se mova guerra durante o inverno. Como não há nenhuma disciplina em nossos exércitos, não se conhece o perigo de não poder manter unidos todos os destacamentos do exército e não há preocupação em negligenciar exercícios e uma disciplina de que não se tem ideia alguma. Dever-se-ia, contudo, refletir sobre os riscos que se corre ao manter a campanha durante o inverno e lembrar-se que, no ano de 1503, foi somente o inverno, e não os espanhóis que derrotou os franceses em Garigliano. E nesse tipo de guerra, como já disse, é o agressor que leva mais desvantagem e que sofre mais com as dificuldades do tempo, quando levar a guerra para o país inimigo. Se quiser manter suas tropas reunidas, deve suportar todos os rigores do frio e das chuvas excessivas ou, se temer esses inconvenientes, será obrigado a separar os diferentes destacamentos de seu exército. Mas, como aquele que espera é senhor de escolher seu posto, pode reunir, num instante, tropas descansadas e se precipitar de improviso sobre um destacamento isolado, não deixando qualquer chance de resistir a semelhante ataque. Essa foi a causa da derrota dos franceses e essa será a sorte de todos aqueles que atacarem durante o inverno um inimigo que tem muita habilidade. Aquele, portanto, que não quiser levar vantagem alguma de suas forças, da disciplina, das manobras e da coragem de um exército, que faça a guerra durante o inverno. Como os romanos, pelo contrário, queriam que todas essas vantagens, que exigiam tantos cuidados para adquiri-las, não fossem de todo inúteis, evitavam a guerra durante o inverno, como a guerra nas montanhas e toda outra espécie de guerra que não lhes permitisse utilizar seus talentos militares e toda a sua coragem.

Nada mais tenho a acrescentar sobre essa questão e vou descrever o ataque ou a defesa das praças fortes, dos postos militares e desenvolver meu sistema de fortificação.

Livro VII

Fabrizio – Sabe-se que as cidades e as fortalezas devem sua força à natureza ou à arte. Devem sua força à natureza quando são cercadas por um rio ou um pântano, como Ferrara e Mântua, ou quando são construídas sobre um rochedo escarpado, como Mônaco e San Leo. As cidades construídas sobre montanhas de fácil acesso são as mais fracas de todas, por causa das minas e da artilharia. Por isso, prefere-se com maior frequência hoje construir as praças fortes nas planícies e confiar nos recursos da arte.

O primeiro cuidado de um engenheiro é construir as muralhas numa linha quebrada, isto é, multiplicando os ângulos salientes e as reentrâncias. Por esse meio, afasta-se o inimigo que pode ser atacado pelo flanco, bem como de frente. Se as muralhas forem muito elevadas, expõem-se mais aos tiros de artilharia; se forem muito baixas, são mais facilmente escaladas. Se forem cavados fossos em torno das muralhas para tornar a escalada mais difícil, o inimigo vai procurar enchê-los, o que requer pouco tempo para um grande exército, e logo vai tomar as muralhas. Acredito, portanto, que, para prevenir esse duplo inconveniente, deve-se construir, se não me engano, muralhas de certa altura e cavar os fossos atrás dessas muralhas e não pelo lado de fora. Esse me parece o melhor sistema de fortificação, porquanto garante igualmente contra a artilharia e contra a escalada, tirando do inimigo os meios de encher os fossos. Deve-se, portanto, levantar as muralhas a uma altura conveniente, construindo-as com pelo menos três braças de espessura, para que seja menos fácil de fazê-las ruir. Deve-se dotá-las também de torres a uma distância de duzentas braças, uma da outra. O fosso deve ter pelo menos trinta braças de largura e doze de profundidade. Toda a terra escavada deverá ser jogada para o lado da cidade, sendo sustentada por um muro que se levantará do fundo desse fosso para cima dessa terra escavada até a altura de um homem, o que vai aumentar bem mais a profundidade do fosso. Nesse local, deve-se construir casamatas que deverão ser guarnecidas de artilharia para deter quem tentar descer até elas.

Deve-se colocar a artilharia de grosso calibre atrás do muro do fosso porque a primeira muralha da frente, sendo bastante elevada, só permite manobrar as peças de pequeno calibre. Se o inimigo quiser tentar a escalada, a altura dessa primeira muralha é um obstáculo difícil de vencer. Mas, se empregar primeiramente sua artilharia, como o efeito das baterias é sempre de fazer ruir a muralha para o lado do ataque, as ruínas, não encontrando fossos para recebê-las, só levam a aumentar a profundidade do fosso que está atrás. Então, é muito difícil para o inimigo avançar, uma vez que está detido por essas ruínas, pelo fosso e pela artilharia que o fulmina em segurança atrás do muro do fosso. Não há outro meio senão tentar enchê-lo, mas quantas dificuldades se apresentam! Antes definimos que fosse largo e profundo, a muralha cheia de ângulos salientes e de reentrâncias, como dissemos, não permite uma aproximação fácil e, finalmente, não se pode escalar essas ruínas, a não ser com dificuldade. Afirmo, portanto, que fortificações projetadas dessa maneira tornam uma cidade quase inexpugnável.

Battista – Se, além do fosso que está atrás da muralha, fosse escavado outro por fora, a cidade não se tornaria mais forte ainda?

Fabrizio – Sem dúvida, mas estou raciocinando com a hipótese de se definir por um só fosso e então afirmo que é melhor escavá-lo pelo lado de dentro do que pelo lado de fora.

Battista – Preferes os fossos cheios de água ou os fossos secos?

Fabrizio – Nesse aspecto, as opiniões se dividem. Os fossos com água garantem contra as minas, mas os outros são mais difíceis de encher. Considerando tudo, eu os faria secos. São mais seguros. De fato, muitas vezes os fossos se congelam durante o inverno e facilitam a tomada de uma cidade. Foi o que aconteceu com Mirandola, quando estava sitiada pelo papa Júlio II. De resto, para me proteger das minas, faria escavar os fossos a tal profundidade que o inimigo que quisesse avançar seria certamente detido pela água.

As muralhas e os fossos de minhas fortalezas seriam construídos de acordo com o mesmo sistema e ofereceriam os mesmos obstáculos aos sitiantes. E aqui deveria dar um aviso, 1º para aqueles que são encarregados de defender uma cidade de nunca erguer bastiões afastados das muralhas e fora delas e 2º para aqueles que constroem uma fortaleza, de não construir fortificações que sirvam de abrigo às tropas das primeiras trincheiras que foram rechaçadas. Aqui está o motivo de meu primeiro aviso: deve-se evitar sempre de começar por um mau êxito porque então se inspira desconfiança para com todas as demais disposições e o temor tomaria conta de todos aqueles que abraçaram essa causa. Não se poderia evitar essa desgraça, levantando bastiões fora das muralhas. Como serão constantemente expostos ao furor da artilharia e porque hoje esses tipos de fortificações não podem se defender por muito tempo, acabar-se-ia por perdê-las, tendo preparado desse modo a causa da própria ruína. Quando os genoveses se revoltaram contra o rei da França, Luís XII, construíram alguns bastiões nas colinas que os cercam. A tomada desses bastiões, que não durou mais que alguns dias, acarretou a derrota da própria cidade.

Quanto a minha segunda proposição, sustento que não há maior perigo para uma fortaleza do que ter fortificações de retaguarda, onde as tropas possam se refugiar em caso de derrota, porque, quando o soldado souber que há um refúgio seguro no caso de ter de abandonar seu primeiro posto, ele o abandona de fato e leva a perder a fortaleza inteira. Temos um exemplo bem recente com a tomada da fortaleza de Forlì, defendida pela condessa Catarina contra César Borgia, filho do papa Alexandre VI, que tinha vindo atacá-la com o exército do rei da França. Essa praça estava cheia de fortificações, nas quais se podia sucessivamente encontrar refúgio. Havia primeiramente a cidadela, separada da fortaleza por um fosso que era ultrapassado por uma ponte levadiça, e essa fortaleza estava dividida em três partes, separadas umas das outras por fossos cheios de água e pontes levadiças. Borgia, tendo tomado uma dessas divisões com sua artilharia, abriu uma brecha na muralha que Giovanni da Casale, comandante de Forlì, pensou em não poder defender, mas abandoná-la para se refugir nas outras partes. Borgia, porém, uma vez dono dessa parte da fortaleza, logo tomou a fortaleza inteira porque se apoderou das pontes que separavam as diferentes partes. Assim caiu essa praça que até então era tida como inexpugnável e que sua perda foi determinada por dois erros principais do engenheiro que a havia construído. Primeiro, havia multiplicado demais as fortificações e, segundo, não havia deixada cada parte dona de suas pontes. Esses defeitos de construção e a pouca habilidade de comando tornaram inútil a magnanimidade da condessa que havia tido a coragem de resistir a um exército que não havia ousado atacar o rei de Nápoles nem o duque de Milão. Mas, embora seus esforços não tenham tido o resultado que ela tinha direito de esperar, ela não conseguiu sequer obter toda a glória de que era merecedora sua coragem, o que foi atestado nos últimos tempos pelo grande número de versos compostos em sua honra.

Se tivesse, portanto, de construir uma fortaleza, eu haveria de cercá-la de muralhas sólidas e de fossos profundos, segundo as regras que já dei, e em seu interior não ergueria outras construções a não ser pequenas casas fracas, pouco elevadas e dispostas de tal modo que, do meio da praça, pudesse descortinar-se todos os lados das fortificações. Assim, o comandante poderia ver facilmente para que ponto deveria enviar reforços e todos poderiam observar que a salvação da fortaleza concentrar-se-ia na defesa dos fossos e das trincheiras. Se decidisse construir fortificações no interior, disporia as pontes levadiças de tal maneira que cada parte da fortaleza tivesse domínio das suas e, para tanto, teria o cuidado de fazer cair a ponte sobre pilastras erguidas no meio do fosso.

Battista – Disseste que as pequenas praças mal podem hoje se defender. Parece-me ter ouvido dizer, ao contrário, que quanto mais as fortificações forem apertadas, mais oferecem resistência.

Fabrizio – Não me compreendeste bem, porque é impossível hoje chamar de praça forte qualquer lugar em que as tropas que o defendem não podem se retirar atrás de novos fossos e de novos anteparos defensivos. De fato, a violência da artilharia é tamanha que hoje seria cair num erro funesto basear a própria salvação na força de uma só muralha ou de uma só trincheira. E, como os bastiões (a menos que não ultrapassem a medida ordinária e então seriam praças fortes e verdadeiros castelos) não podem jamais oferecer essa segunda defesa, da qual acabo de falar, e em poucos dias podem ser tomados pelo inimigo. É prudente, portanto, renunciar a esses bastiões e se limitar a fortificar a entrada das praças fortes, a cobrir as portas por obras de fortificação em meia-lua, de maneira que não se possa jamais entrar ou sair em linha reta e estabelecer, finalmente, entre essas obras e a porta, um fosso e uma ponte levadiça. Deve-se fortificar ainda as portas das cidades com grades de ferro que, sempre que a guarnição fizer uma incursão e for rechaçada pelo inimigo, impeçam que este entre desordenadamente com ela na cidade. Essas grades, que os antigos chamavam cataratas, ao se abaixarem, fecham a passagem aos sitiantes e salvam os sitiados, porquanto, nessa situação, a porta e a ponte levadiça não têm serventia alguma, porquanto ambas estarão ocupadas pela multidão.

Battista – Vi desses tipos de grades na Alemanha, feitas de barrotes em forma de grelha. As nossas, ao contrário, são feitas de grossas barras tão próximas que quase formam uma peça única. Gostaria de saber de onde vem essa diferença e qual dos dois métodos é mais seguro.

Fabrizio – Repito que hoje, em toda parte, as instituições militares, comparadas àquelas dos antigos, são viciadas, mas que, na Itália, é uma ciência totalmente perdida e, se ainda temos alguma coisa de aproveitável, devemos tudo isso aos ultramontanos. Sabe-se, e teus amigos podem lembrar-se disso, qual era a fraqueza de nossas praças fortes, antes da invasão de Carlos VIII na Itália no ano de 1494. As ameias não tinham mais de meia braça de espessura, os vãos dos canhões e das outras armas de tiro eram muito estreitas na embocadura e muito largas por dentro. Havia, enfim, uma multidão de outros vícios de construção que seria enfadonho detalhá-los. Nada mais fácil, com efeito, que fazer saltar ameias tão finas e de abrir vãos assim construídos. Hoje, aprendemos dos franceses fazer as ameias largas e sólidas. Nossos vãos para os canhões, largos por dentro, fecham-se na metade do muro e se alargam a seguir na embocadura. E a artilharia não pode mais, desse modo, desmontar facilmente as peças. Os franceses têm, portanto, muitas outras utilizações que jamais se interessaram em usar e que pouco chamam a atenção de nossos italianos. Assim, é essa espécie de grade, feita em forma de grelha, que é muito superior à nossa. De fato, quando uma porta é fechada por uma grade de uma só peça como entre nós, ao fazê-la descer, não se pode mais atacar o inimigo que pode derrubá-la em segurança com o machado ou por meio do fogo. Quando, porém, a grade é feita em forma de grelha, pode-se, ao ser abaixada, defendê-la por meio das barras com a lança, a besta e outras armas.

Battista – Observei na Itália outro costume ultramontano. É de curvar para os cubos os raios das rodas das carretas de canhão. Gostaria de saber de onde vem esse costume. Parece-me que esses raios seriam mais fortes se fossem retos como aqueles de nossas rodas usuais.

Fabrizio – Nunca se deve crer que as coisas extraordinárias sejam feitas sem plano e seria um erro acreditar que os franceses quiseram somente conferir com isso mais beleza a suas rodas, porque ninguém se preocupa com a beleza, quando se trata de solidez. De fato, é que essas rodas são mais sólidas e mais seguras, essa é a razão. Quando a carreta de canhão é carregada, o peso se distribui igualmente sobre os dois lados ou pende para um ou para outro. Se o peso é bem distribuído, cada roda, sustentando o mesmo peso, não está excessivamente carregada, mas se pender, todo o peso da carreta incide sobre uma roda e, se os raios dessa forem retos, podem facilmente se partir. De fato, eles pendem com a roda e suportam mais peso quando a prumo. Assim, é quando o carro tem o peso distribuído e que são menos carregados que esses raios são mais fortes; e são mais fracos quando a carreta pende para um lado e recebem mais peso. Ocorre exatamente o contrário com os raios curvados das carretas francesas. Quando suas carretas pendem e se apóiam sobre uma das rodas, esses raios, geralmente curvados, tornam-se, então, retos e suportam todo o peso que incide sobre eles. Quando a carreta tem o peso bem distribuído, ficam curvados porque não carregam, então, a não ser a metade do peso. Mas, vamos voltar a nossas cidades de fortalezas.

Durante um assédio, para poder garantir melhor as incursões e as retiradas das próprias tropas, os franceses inventaram, além dos meios de que já falei, outra espécie de fortificação, da qual não há ainda uma semelhante na Itália. Na extremidade da ponte levadiça, erguem duas pilastras, sobre cada uma das quais eles equilibram uma viga, sendo que a metade dela está sobre a ponte e a outra, fora. Essas duas vigas, na parte de fora da ponte, são unidas por pequenas barras dispostas em forma de grade e, nas duas extremidades da parte que está sobre a ponte, fixam uma corrente. Quando querem fechar a ponte por fora, deixam correr as correntes e assim toda a parte gradeada das vigas desce, fechando, então, a ponte. Quando querem abri-la, puxam as correntes e as vigas são levantadas, mas a abertura pode ser proporcional à altura de um soldado de infantaria e não de um cavaleiro ou somente à altura de um cavaleiro, podendo ser logo fechada novamente porque essas vigas se elevam e se abaixam como portinholas de ameias. Essa porta é mais segura que a grade, pois é difícil para o inimigo detê-la porque não cai em linha reta como a grade que pode ser facilmente escorada.

Essas são as regras que devem seguir aqueles que construírem praças fortes. Além disso, devem proibir de construir ou implantar fortificações a pelo menos uma milha de distância, de modo que todo esse terreno ofereça somente uma superfície plana, onde não haja árvores nem matas, elevações nem casas que possam atrapalhar a visão e encobrir o inimigo que se aproxima para sitiar a cidade. Deve-se observar aqui que uma praça nunca é mais fraca, exceto quando tem seus fossos fora das fortificações, com a terra escavada mais alta que o resto do terreno. Essa terra escavada serve de anteparo aos sitiantes, mas não detém seus ataques porque se pode facilmente fazer aberturas para a artilharia. Mas, vamos entrar na cidade.

É inútil recomendar, além das diversas disposições de que acabo de falar, o acúmulo de grandes provisões de munições de guerra e de armas de boca. São precauções que todos sabem de sua importância, porquanto, sem elas, todas as demais se tornam inúteis. A esse respeito, há dois pontos principais que não se pode perder de vista. Deve-se primeiramente acumular grandes provisões e, a seguir, tirar do inimigo todos os meios de se utilizar da produção do país adversário. Deve-se, então, sacrificar todos os animais que não há como guardar em recintos fechados e destruir toda a forragem e todo o trigo que não se possa armazenar.

O comandante de uma cidade sitiada deve ter cuidado para que nada seja feito de maneira tumultuada e sem ordem, mas que cada um saiba bem o que deve fazer em qualquer circunstância. Para isso, é preciso que as mulheres, os velhos, as crianças e todos os que estão fora de serviço se mantenham fechados em casa e deixem a praça livre para todos os jovens aptos em portar armas. Esses dividirão entre si a defesa da cidade. Alguns serão encarregados da guarda das muralhas e das portas, outros serão distribuídos nos principais postos do interior, a fim de sustar as desordens que pudessem ocorrer. Outros, enfim, não teriam nenhum posto definido, mas estariam prontos a prestar socorro a todos àqueles que estivessem ameaçados. Com essas disposições, é difícil que surjam na cidade movimentos que espalhem a desordem.

A respeito do ataque e da defesa das praças, não se deve esquecer que nada dá mais esperança de se apoderar delas do que saber que os habitantes jamais viram o inimigo. Muitas vezes, somente o medo os leva a abrir suas portas, sem mesmo terem sido atacados. Quando se sitia uma cidade, deve-se, por meio das mais terríveis demonstrações, empenhar-se em encher todos os corações de espanto. Por outro lado, o comandante dessa cidade deve distribuir, nos diferentes pontos atacados pelo inimigo, homens intrépidos que somente as armas e não uma algazarra inútil podem intimidar. De fato, se o primeiro ataque não tiver êxito, os sitiados redobrarão sua coragem e o inimigo, então, é obrigado a recorrer à sua habilidade e não à sua reputação para vencê-los.

Os instrumentos militares empregados pelos antigos para defender as cidades eram as bestas, os onagros, os escorpiões, as balistas, as fundas, etc. Os instrumentos de ataque não eram menos numerosos: os aríetes, as torres, os manteletes, as foices, as tartarugas, etc. Hoje, só se emprega a artilharia que serve para a defesa e para o ataque e sobre a qual não vou entrar em maiores detalhes.

Retorno, portanto, a meu assunto e vou descrever os meios específicos de ataque. A dupla finalidade dos sitiados é a de garantir não serem subjugados pela fome ou vencidos pela força. Quanto à fome, adverti para se munir de víveres em abundância, antes do começo de um assédio. Mas, quando os víveres chegam a faltar por causa do longo tempo de assédio, é preciso recorrer a um meio extraordinário para obtê-los dos amigos de fora, interessados na salvação da cidade. Esse meio é mais fácil quando a cidade é atravessada por um rio. Foi assim que, estando Casilinum sitiada por Aníbal, os romanos, não tendo outros meios de socorrer essa fortaleza, lançaram no rio Volturno, que a atravessava, grande quantidade de nozes que seguiram o curso das águas, sem que Aníbal pudesse recolhê-las, e alimentaram os sitiados por algum tempo. Muitas vezes os sitiados, para provar ao inimigo que não lhes faltavam grãos e fazê-lo desistir de tentar vencê-lo pela fome, lançaram pão por cima das muralhas ou deram de comer boa quantidade de grãos a um boi que soltaram para que o inimigo o prendesse e, ao matá-lo, notasse que estava muito bem alimentado com trigo, o que os levava a supor uma abundância de víveres que eles não tinham.

Por outro lado, generais ilustres empregaram diversos meios para esgotar os víveres do inimigo. Fábio deixou os habitantes da Campânia proceder à semeadura, a fim de privá-los de grãos, desse grão que haviam semeado. Dionício, acampado diante de Reggio, fingiu tratar com eles e os convenceu a lhe fornecer víveres durante o tempo das tratativas. Quando lhes tirou grande parte dos víveres, cercou-os novamente e acabou por vencê-los pela fome.

Alexandre, o Grande, querendo sitiar Leucada, começou atacando todas as fortalezas circunstantes e deixou todas essas guarnições se refugiar em Leucada que logo esgotou seus víveres por esse acréscimo de habitantes.

Quanto aos ataques à força, já disse que é preciso, sobretudo, garantir o primeiro assalto. Foi por esse meio que os romanos se apoderaram de muitas praças fortes, atacando-as ao mesmo tempo por todos os lados. Eles chamavam esse tipo de ataque *aggredi urbem corona*. Foi assim que Cipião se apoderou de Cartagena, na Espanha. Quando se consegue sustentar esse primeiro choque, não se tem mais a temer os demais assaltos. Se, por acaso, o inimigo, tendo forçado as muralhas, penetrou na cidade, os habitantes não estão ainda derrotados se não se entregarem, pois muitas vezes foi visto um exército que já havia penetrado numa cidade ser rechaçado com grande perda de soldados. O único recurso que resta para os sitiados, numa circunstância semelhante, é de se manter nos postos elevados e de combater o inimigo do alto das torres e das casas. Há dois meios para os sitiantes se protegerem de semelhante perigo. Um é o de fazer abrir as portas da cidade, de maneira que os habitantes possam se retirar sem temor. O outro é o de proclamar que só serão perseguidos aqueles que estiverem de armas na mão e que serão perdoados todos os habitantes que se entregarem. Esse expediente foi de grande ajuda na conquista de muitas praças.

Outro meio para se apoderar sem dificuldade de uma praça forte é atacá-la de improviso. Para tanto, é preciso manter-se afastado, a certa distância. Os habitantes ficam com a impressão de que não se tem qualquer interesse neles ou que não se poderia empreender qualquer coisa sem que eles fossem informados de antemão, em razão da distância dos lugares. Atacando-os, então, em segredo e com grandes precauções, pode-se contar quase sempre com êxito garantido. Não gosto de analisar os acontecimentos de minha época. Falar de mim e dos meus, estaria sujeito a inconvenientes. Falar dos outros seria expor-se a erros. Apesar disso, não posso deixar de mencionar aqui o exemplo de César Borgia, chamado duque do Valentino, que, encontrando-se com seu exército em Nocera, fingiu dirigir-se para tomar Camerino. Voltando-se de repente para o Estado de Urbino, conquistou-o num só dia sem qualquer dificuldade, o que um general jamais teria conseguido sem muito tempo e muitas despesas.

Os sitiados devem se proteger, sobretudo, das armadilhas e dos estratagemas do inimigo. Se virem os sitiantes fazendo constantemente a mesma coisa, devem desconfiar e mesmo acreditar que estão preparando uma armadilha que pode se tornar funesta. Domício Calvino, ao sitiar uma praça forte, passou a fazer a volta das muralhas, todos os dias, com uma parte de seu exército. Os habitantes, acreditando tratar-se de simples exercício militar, afrouxaram seus postos de vigilância e então Domício a atacou e a conquistou. Alguns generais, informados de que deviam chegar reforços para os sitiados, mandaram seus soldados vestir o uniforme de seus inimigos e, recebidos na cidade em razão desse disfarce, apoderaram-se da cidade sem dificuldade. Cimon de Atenas ateou fogo durante a noite a um templo situado fora dos muros de uma cidade que estava sitiando. Os habitantes acorreram para extinguir o incêndio e a cidade foi facilmente tomada. Outros generais, enfim, mataram camponeses de uma praça sitiada, vestiram com suas roupas uma parte de seus soldados que, com esse disfarce, puderam entrar na cidade e lhes abrir as portas.

Os antigos generais empregaram diversos meios para afastar as guarnições das cidades que queriam sitiar. Estando na África e querendo se apoderar de algumas praças fortes guardadas pelos cartagineses, Cipião fingiu várias vezes pretender atacá-los e afastar-se em seguida com receio de não conseguir. Aníbal, enganado por esse estratagema, retirou todas as guarnições dessas praças para enfrentá-lo com forças mais consistentes e vencê-lo facilmente. Cipião, no entanto, informado disso, enviou logo Massinissa para se apoderar dessas praças abandonadas. Pirro, ao atacar a capital da Ilíria, defendida por uma numerosa guarnição, fingiu desistir de conquistá-la e se dirigiu para outras cidades. A capital, para enviar reforços a essas, enfraqueceu sua guarnição e forneceu assim a Pirro os meios de conquistá-la.

Para se apoderar de uma cidade, muitas vezes se tem envenenado as águas e desviado o curso de um rio, mas é um meio que raramente tem êxito. Por vezes, foi conseguida a rendição dos sitiados pela notícia de uma vitória ou de novos reforços que chegariam contra eles. Os antigos generais recorreram muitas vezes à traição e procuraram corromper alguns habitantes. A esse respeito, cada um empregou métodos diferentes. Muitas vezes, um falso desertor conquistou junto aos sitiados um crédito e uma ascendência de que se serviu em proveito do general que o havia enviado. Desse modo, informa a disposição dos diferentes guardas e fornece o meio de se apoderar mais facilmente da cidade ou ainda, sob variados pretextos, levava a emperrar a porta por um carro ou vigas e facilitava a entrada do inimigo. Aníbal convenceu um habitante a lhe entregar uma fortaleza dos romanos, saindo à noite como para ir à caça, sob pretexto que, durante o dia, tinha medo do inimigo. Assim, ao voltar, tendo misturado com seu equipamento e acompanhantes de caça alguns soldados, esses mataram os guardas e abriram as portas aos cartagineses.

Deve-se tentar atrair os sitiados para longe de suas trincheiras, fingindo fugir diante deles, quando de suas incursões externas. Em tal caso, vários generais, entre eles, Aníbal, deixaram até mesmo invadir o próprio acampamento, a fim de poder cortar a retirada dos sitiados e se apoderar de sua cidade. Excelente estratagema é também fingir levantar o assédio. Foi assim que o ateniense Formion, depois de ter devastado a região de Calcis, recebeu seus embaixadores, fez-lhes as mais belas promessas, inspirou aos habitantes a maior segurança e, aproveitando dessa confiança cega, acabou por conquistar sua cidade.

Os sitiados devem vigiar com cuidado sobre seus cidadãos suspeitos, mas muitas vezes pode-se ter garantias a respeito mais por meio de benefícios do que por castigos. Marcelo sabia que Lúcio Brancius, da cidade de Nola, tinha admiração por Aníbal, mas ele o tratou com tanta bondade e generosidade que, mudando o curso de suas disposições íntimas, transformou-o no melhor amigo dos romanos.

É, sobretudo, quando o inimigo se afasta do que quando está próximo que é preciso redobrar a vigilância e é nos postos considerados mais seguros que se deve ter maior vigilância, pois um grande número de cidades foram conquistadas pelo lado em que o inimigo era menos esperado. Esses tipos de surpresa têm duas causas. Primeira, os sitiados achavam inacessível o local que foi atacado e, segunda, o inimigo, tendo realizado um falso ataque de um lado, dirigiram-se para o outro em silêncio. Os sitiados devem, portanto, empregar todos os seus cuidados para evitar esses dois perigos, manter o tempo todo e, sobretudo, à noite, guardas reforçadas sobre as muralhas e colocar não somente homens, mas também cães ferozes e ativos que possam farejar de longe o inimigo e levar a descobri-lo por seus latidos. Não foram somente cães, mas também gansos que algumas vezes salvaram uma cidade, como aconteceu em Roma, quando os gauleses sitiavam o Capitólio. Durante o assédio de Atenas por parte dos espartanos, Alcebíades, para assegurar-se da vigilância dos guardas, ordenou, sob severas penas que, toda vez que ele levantasse uma lanterna durante a noite, os guardas igualmente levantassem uma. Ifícrates matou uma sentinela adormecida, dizendo que "a deixou como a tinha encontrado".

Os sitiados empregam diversos meios para fazer chegar avisos a seus amigos. Para não confiar seus segredos a mensageiros, escrevem-nos em algarismos e os fazem passar de diversas maneiras. Os algarismos são combinados entre os correspondentes. Aí vão algumas maneiras de como se pode fazê-los passar. Esconde-se a carta, seja na bainha da espada, seja na massa de pão cozida para dar ao portador, seja nas partes mais íntimas do corpo humano, seja na coleira do cão que acompanha o mensageiro. Pode-se colocar também numa carta coisas insignificantes e escrever nas entrelinhas com certas águas que, quando se molhar ou aquecer o papel, deixam aparecer as letras. É uma invenção que, em nossa época, teve os melhores resultados. Quando se pretendia fazer chegar alguns segredos aos amigos encerrados numa praça forte, mandava-se afixar na porta das igrejas cartas de excomunhão, escritas na forma usual e com mensagens nas entrelinhas, como acabei de explicar. Aqueles a quem eram dirigidas as reconheciam por algum sinal adrede combinado, retiravam-nas e as liam sem problemas. Esse meio é o mais seguro e sem perigos, porque o portador pode ser o primeiro a ser enganado.

Há uma multidão de outros expedientes do mesmo tipo que pode ser descoberto por qualquer um. De resto, é muito mais fácil escrever aos sitiados que os sitiados escreverem aos de fora. De fato, eles dificilmente possuem outros meios para enviar suas cartas a não ser por meio de falsos desertores. Mas, esse meio é duvidoso e cheio de perigos, sobretudo com um inimigo vigilante e desconfiado. Pelo contrário, aqueles que escrevem de fora podem, sob variados pretextos, levar seu mensageiro a penetrar no acampamento dos sitiantes e, de lá, terá mais de uma ocasião favorável para penetrar na cidade.

Agora vou descrever o sistema atual de ataque a praças. O ataque foi perpetrado contra uma cidade que não tem fossos do lado de dentro das muralhas? Como recomendei, é preciso, para impedir o inimigo de penetrar pelas brechas, porque é impossível se opor a esse resultado da artilharia, é preciso, digo, desde o começo do ataque, cavar, atrás da muralha abatida pela artilharia, um fosso de pelo menos trinta braças de largura e jogar toda a terra do fosso para o lado da cidade, o que haverá de formar uma trincheira e aumentar a profundidade do fosso. É preciso fazer isso a tempo para que, na primeira brecha aberta, já se tenha cavado cinco ou seis braças. É importante, durante a escavação do fosso, fechá-lo de cada lado com uma casamata. Quando o primeiro muro resistir bastante para dar tempo de concluir esse fosso e essas casamatas, a brecha se torna então a parte mais forte da cidade, porque essa trincheira que acaba de ser construída substitui os fossos interiores que recomendei. Se, pelo contrário, a muralha é fraca e não deixa concluir essa obra, deve-se então desdobrar-se com toda a coragem e enfrentar o inimigo com todas as tropas e com todas as forças. Essa maneira de construir uma nova trincheira foi utilizada pelos habitantes de Pisa quando foram sitiados em sua cidade. Não encontraram grandes dificuldades porque suas muralhas eram muito fortes, dando-lhes tempo, e também porque trabalhavam com uma terra muito argilosa e própria para cavar trincheiras. Mas, sem essas duas vantagens, eles estariam perdidos. Não deixa de ser, portanto, uma precaução útil empreender de antemão essa obra e cavar fossos no interior da cidade, em torno das trincheiras, de acordo com o método que descrevi, porque então se pode esperar o inimigo com tranquilidade e com plena segurança.

Os antigos se apoderavam muitas vezes das cidades por meio de minas. Escavavam em segredo caminhos subterrâneos até dentro da cidade e que lhes possibilitavam a entrada. Foi assim que os romanos conquistaram Veies. Ou cavavam minas por baixo das muralhas, fazendo-as ruir. Esse método é mais usado hoje em dia. Essa é a causa da debilidade das cidades colocadas sobre elevações. De fato, são bem mais fáceis de serem minadas. Quando a mina é cheia com pólvora de canhão, ateando-lhe fogo, não somente a muralha vem abaixo, mas a montanha se entreabre e todas as fortificações acabam ruindo por toda parte. O meio de prevenir esse perigo é construir a cidade na planície e escavar o fosso que contorna a praça com tal profundidade que o inimigo não poderá cavar mais fundo sem encontrar água, único obstáculo que se pode opor a essas minas. Se for o caso de defender uma cidade construída sobre uma elevação, o melhor meio para se prevenir contra as minas do inimigo é procurar aventá-las ou inundá-las, cavando na cidade um grande número de poços muito profundos. Pode-se ainda fazer contraminas, quando se conhecer com precisão o local minado pelo inimigo. Esse meio é excelente, mas é difícil descobrir as minas quando se sofre ataque por um inimigo que tem muita habilidade.

Os sitiados devem vigiar, sobretudo, para não se deixar surpreender durante o período de repouso, como depois de um assalto, no final da guarda, isto é, pela manhã ao alvorecer e à tarde no crepúsculo e, principalmente, no momento das refeições. Foi nessas horas que a maioria das cidades foi conquistada e que os sitiados conseguiram muitas vezes destruir o exército dos sitiantes. Deve-se, portanto, estar vigilante por todos os lados e manter a maior parte das próprias tropas sempre armada. De resto, cumpre observar que aquilo que torna realmente difícil a defesa de uma cidade ou de um acampamento é a necessidade em que se encontram os sitiados de manter sempre suas tropas divididas. De fato, o inimigo pode reunir suas tropas para atacar um só ponto, quando o quiser, enquanto os sitiados devem estar constantemente vigiando em todos os lados. Assim, aquele pode atacar com todas as suas forças, ao passo que esses nunca se defendem senão com uma parte das suas.

Além do mais, os sitiados podem ser derrotados sem recursos, enquanto que os sitiantes não correm outro risco senão o de serem rechaçados. Por isso, muitas vezes, generais, sitiados numa cidade ou num acampamento, saíram com todo o seu exército, embora inferior em forças, para combater e vencer o inimigo. Foi o estratagema que usou Marcelo em Nola e César, na Gália. Este, sendo atacado em seu acampamento por uma imensa multidão de gauleses, observou que, ficando nas trincheiras, seria obrigado a dividir suas forças e não poderia atacar o inimigo com vigor e se defender com sucesso. Ele destruiu então parte do próprio acampamento e, precipitando-se com todas as suas forças, rechaçou o inimigo com tanta impetuosidade e intrepidez que o desbaratou e conquistou uma vitória completa.

A firmeza e a paciência dos sitiados lançam muitas vezes o desespero e o temor no coração dos sitiantes. Quando Pompeu enfrentava César, na Tessália, o exército deste sofria terrivelmente com a fome. Foi levado a Pompeu um dos pães de que se nutria. Quando o viu feito com ervas, proibiu de mostrá-lo a seus soldados, com medo de que ficassem espantados ao ver que inimigos teriam de combater. Nada honrou tanto os romanos, durante a guerra contra Aníbal, do que sua inquebrantável constância. Por mais crítica que fosse sua situação, por maiores que fossem as desgraças que se abatiam sobre eles, nunca pediram a paz, jamais deixaram transparecer o menor sinal de medo. Mesmo quando Aníbal estava às portas de Roma, os campos em que estava acampado eram vendidos mais caros do que eram comprados nos tempos normais. Sua invencível obstinação era tal que, sitiando Cápua ao mesmo tempo em que Aníbal sitiava Roma, não quiseram levantar o assédio de Cápua para ir defender seus próprios lares.

Ao tratar longamente convosco da arte militar, sei que pude entrar em detalhes que poderíeis conhecer tão bem quanto eu. Não achei, contudo, que devesse deixá-los passar sob silêncio porque servem para conhecer melhor todas as vantagens das instituições que propus. Por outra, não serão tão inúteis para aqueles que não tiveram as mesmas oportunidades para se informar a respeito. Parece-me que não me resta mais nada, a não ser vos deixar algumas máximas gerais, sobre as quais é útil refletir bastante.

1º Tudo o que serve para o inimigo prejudica; tudo o que o prejudica, serve.
2º Aquele que se empenhar mais em observar os planos do inimigo e em treinar frequentemente seu exército haverá de correr menos perigos e terá mais chances de esperar pela vitória.
3º Nunca se deve levar os soldados ao combate, a não ser após tê-los deixado repletos de confiança, após tê-los treinado muito bem e estar seguro de que não têm mais medo. Enfim, nunca entrar em combate, senão quando tiverem esperança de vencer.
4º É melhor triunfar sobre o inimigo pela fome do que pela espada. O êxito das armas depende muito mais da sorte do que da coragem.
5º As melhores decisões são aquelas que se consegue esconder ao inimigo até o momento de pô-las em execução.
6º Uma das maiores vantagens na guerra é conhecer a ocasião e saber aproveitá-la.
7º A natureza faz poucos bravos; na maioria das vezes, são feitos pela educação e pelo exercício.
8º Vale mais na guerra a disciplina do que a impetuosidade.
9º Quando o inimigo perde alguns de seus soldados que passam para o outro lado, é grande conquista se permanecerem fiéis ao novo exército. Um desertor enfraquece muito mais um exército do que um soldado morto, embora o apelativo de trânsfuga o torne tão suspeito a seus novos amigos quanto àqueles que ele deixou.
10º Quando se dispõe um exército em ordem de batalha, é melhor reservar reforços atrás da primeira linha do que espalhar seus soldados para ampliar o próprio front.

11º É difícil vencer aquele que conhece bem suas forças e aquelas do inimigo.

12º Na guerra, vale mais a coragem que a multidão, mas o que vale mais ainda são os postos vantajosos.

13º As coisas novas e imprevistas espantam um exército, mas, com o tempo e o costume, cessa de temê-las. Deve-se, portanto, quanto se tem pela frente um inimigo novo, acostumar suas tropas por meio de rápidas escaramuças, antes de se empenhar numa ação total.

14º Perseguir em desordem um inimigo em fuga é querer trocar a vitória por uma derrota.

15º Um general que não faz grandes provisões de víveres será vencido sem entrar em combate.

16º Deve-se escolher o campo de batalha, de acordo com a maior confiança que se deposita na cavalaria ou na infantaria.

17º Como descobrir se há algum espião no próprio acampamento? Basta mandar que cada soldado se recolha em seu alojamento.

18º Deve-se mudar subitamente as disposições quando se perceber que o inimigo penetrou nas fileiras.

19º Deve-se perguntar a muitos sobre o estratagema a tomar, mas não se deve confiar senão a pouquíssimos amigos o plano escolhido.

20º Que durante a paz, o temor e o castigo sejam o móvel do soldado; durante a guerra, a esperança e as recompensas.

21º Um bom general nunca arrisca uma batalha, se a necessidade não o forçar a isso ou a se oportunidade for muito boa.

22º Que o inimigo jamais venha a saber as disposições no dia do combate, mas quaisquer que sejam, a primeira linha deverá sempre poder entrar na segunda e na terceira.

23º Durante o combate, se não se quiser provocar a desordem no próprio exército, nunca se deve confiar a um batalhão outra função, a não ser aquela a que estava destinado antes.

24º Contra os acidentes imprevistos, o remédio é difícil; contra os acidentes previstos, é fácil.

25º Soldados, armas, dinheiro e pão, esse é o cerne da guerra. Desses quatro elementos, os dois primeiros são os mais necessários, porque com soldados e armas se encontram pão e dinheiro, enquanto que com dinheiro e pão não se encontra nem armas nem soldados.

26º O rico desarmado é a recompensa do soldado pobre.
27º Deve-se acostumar os soldados a menosprezar alimentos requintados e ricos trajes.

De modo geral, é isso que achei importante expor sobre a arte da guerra. Poderia ter entrado em maiores desdobramentos e entreter-vos sobre a organização dos diferentes destacamentos das tropas entre os antigos, de seus trajes e de seus exercícios. Mas, esses detalhes não me pareceram necessários porque é fácil informar-se a respeito e também porque minha intenção não é apresentar um tratado sobre a arte militar dos antigos, mas somente descrever os meios para criar um exército melhor e mais seguro que nossos exércitos atuais. Não quis falar, portanto, das instituições antigas, a não ser enquanto serviam para explicar aquelas que proponho.

Talvez tereis desejado que me delongasse um pouco mais sobre a cavalaria e que vos tivesse falado da guerra marítima, porque o poderio militar compreende, em geral, tanto o exército do mar como aquele de terra, a cavalaria como a infantaria. Não falei da guerra marítima porque não possuo conhecimento algum a respeito. Deixo esse cuidado aos genoveses e aos venezianos que, por sua constante aplicação em aumentar seu poderio naval, conseguiram realizar tão grandes coisas. Quanto à cavalaria, limito-me ao que já disse, porque essa parte de nossas tropas é menos corrompida que o resto. Por outro lado, com uma boa infantaria, que é o cerne de um exército, tem-se quase sempre necessariamente uma boa cavalaria. Recomendaria somente ao soberano que quisesse criar um exército dois meios apropriados para multiplicar os cavalos em seus Estados, ou seja, difundir em seu país cavalos de boa raça e estimular os cidadãos a comercializar potros, como se faz com bezerros e mulas, e, para que esses encontrem compradores, é preciso ordenar que ninguém tenha mulas sem ter um cavalo, que aquele que só tem uma cavalgadura seja obrigado a ter um cavalo e que, enfim, não se possa transportar tecidos de seda sem ter cavalos. Sei que uma regulamentação desse tipo foi estabelecida por um príncipe de nosso século e que, em pouco tempo, formou dessa maneira uma excelente cavalaria em seus Estados. Quanto aos outros regulamentos sobre a cavalaria, remeto ao que já disse a respeito e ao que se pratica hoje em nosso meio.

Talvez fosse interessante, segundo vossa opinião, que eu descrevesse as qualidades necessárias a um grande general. Posso vos satisfazer em poucas palavras. Gostaria que meu general fosse instruído a fundo sobre tudo o que foi objeto de nosso colóquio de hoje e isso não me seria suficiente ainda, se ele não estivesse em condições de encontrar por si mesmo todas as regras de que tem necessidade. Sem espírito inventivo, jamais alguém se sobressaiu em alguma coisa. Se esse espírito toma em consideração todas as outras artes, é naquela da guerra que confere maior glória. As menores invenções nesse terreno são celebradas pela história. Assim, Alexandre, o Grande, foi elogiado porque, ao querer levantar acampamento sem o conhecimento do inimigo, ele deu o sinal com um capacete espetado na ponta de uma lança em vez de fazer soar a trombeta. Outra vez, no momento de entrar em combate, mandou que seus soldados dobrassem seu joelho esquerdo até o chão diante do inimigo para suportar com maior segurança seu primeiro ataque. Esse meio lhe deu tanta glória que, em todas as estátuas que eram erigidas em sua honra, era representado nessa posição.

 Mas, já é hora de terminar e de retornar ao ponto de que parti. Vou evitar assim a dificuldade que se impõe aos que deixam o país sem retornar a ele. Tu me dizias, Cosimo, e sem dúvida deves relembrar, que não concebias como eu, tão grande admirador dos antigos e criticando tão vivamente aqueles que não os tomam como modelos nas coisas importantes da vida, não tivesse procurado imitá-los em tudo o que concerne à arte da guerra que foi sempre minha principal ocupação. Respondi que qualquer homem que arquiteta um plano deve preparar-se de antemão para estar em condições de executá-lo, se tiver oportunidade. Acabo de vos entreter longamente sobre a arte militar e depende de vós decidir agora se estou em condições ou não de adequar um exército às instituições dos antigos. Podereis julgar, ao que me parece, quanto tempo empreguei nesse único tema em minhas reflexões e quanto seria feliz em poder pô-las em execução. É fácil ver se tive os meios e a oportunidade para tanto. Mas, para não deixar qualquer dúvida e para me justificar de todo, vou expor quais são essas oportunidades. Cumpriria assim minha promessa de vos mostrar os meios e os obstáculos de semelhante imitação.

 De todas as instituições humanas, as mais fáceis para adequar às regras dos antigos são as instituições militares. Mas, essa revolução só é fácil para um príncipe, cujos Estados possam recrutar quinze a vinte mil jovens, porque nada é mais difícil para aqueles que são privados dessa vantagem. Para me fazer entender melhor, devo primeiramente relembrar que os generais chegam à celebridade por dois meios diferentes. Alguns realizaram grandes feitos com tropas já bem treinadas e bem disciplinadas. Assim foi a grande maioria dos generais romanos e todos os generais que não tiveram outro cuidado, senão em manter a ordem, a disciplina e administrá-las com sabedoria. Os outros tiveram que, não somente vencer o inimigo, mas antes de arriscar o combate, tiveram de formar o exército, treiná-lo e discipliná-lo. Merecem, sem dúvida alguma, maior glória que aqueles que realizaram grandes feitos com exércitos já formados.

Entre os generais que venceram tais obstáculos, pode-se lembrar Pelópidas e Epaminondas, Tullus Hostilius, Filipe, rei da Macedônia, pai de Alexandre, Ciro, rei dos persas, e finalmente Semprônio Graco. Todos, antes de entrar em combate, tiveram de formar seu exército. Mas, não tiveram sucesso nesses grandes feitos senão porque tinham, além de qualidades superiores, um número suficiente de homens para executar seus planos. Quaisquer que fossem seu talento e sua habilidade, jamais poderiam ter obtido o menor êxito num país estrangeiro, povoado de homens totalmente corrompidos e inimigos de qualquer sentimento de honra e de subordinação.

Hoje, portanto, não é suficiente na Itália saber comandar um exército completamente formado, deve-se estar em condições de criá-lo, antes de empreender qualquer ação. Mas, esse sucesso só é possível para os soberanos que possuem um Estado extenso e numerosos súditos e não para mim que jamais comandei um exército e que nunca poderei ter sob minhas ordens, senão soldados submissos a uma potência estrangeira e independentes de minha vontade. E vos deixo pensar se é em semelhantes homens que se pode introduzir uma disciplina como a que propus. Onde estão os soldados que haveriam hoje de consentir em carregar outras armas, além das suas usuais e, além de suas armas, víveres por dois ou três dias e instrumentos de sapadores? Onde estão aqueles que manejariam a picareta e ficariam todos os dias duas ou três horas sob as armas, ocupados em todos os exercícios que devem praticar para suportar o ataque do inimigo? Quem os poderia desacostumar de suas libertinagens, de seus jogos, de suas blasfêmias e de sua insolência? Quem poderia submetê-los a tal disciplina e fazer crescer neles um sentimento de respeito e de obediência, de tal modo que uma árvore carregada de frutos seria conservada intacta no meio do acampamento, como se pôde verificar muitas vezes nos exércitos antigos? Como chegaria a me fazer respeitar, amar ou temer, se, após a guerra, não devem ter mais relação de qualquer tipo comigo? Como poderia lhes inspirar o sentimento de vergonha, se nasceram e foram criados sem qualquer ideia de honra? Por que haveriam de me respeitar, se não me conhecem? Por qual deus ou por qual santo seria possível fazê-los jurar? Seria por aqueles que eles adoram ou por aqueles que blasfemam? Não sei se há alguns que adoram, mas sei muito bem que blasfemam a todos. Como seria possível que confiasse em suas promessas, tomaram-se por testemunha seres que desprezam? E quando, por fim, desprezam o próprio Deus, será que vão respeitar os homens? Que salutares instituições se poderia esperar em semelhante estado de coisas?

Podereis fazer-me notar que os suíços e os espanhóis formam, no entanto, boas tropas. Confesso que valem muito mais, sem comparação alguma, do que os italianos. Mas, se seguistes com atenção essa discussão e refletido sobre o sistema militar desses dois povos, podereis ver que têm ainda muito a fazer para chegar à perfeição dos antigos. Os suíços formaram naturalmente boas tropas, pelos motivos que apresentei no início deste debate. Quanto aos espanhóis, foram formados pela necessidade. Movendo guerra num país estrangeiro e obrigados a vencer ou a morrer, não encontrando lugar para retirada, tiveram de se desdobrar com toda a coragem. Mas, a superioridade desses dois povos está bem longe da perfeição, porquanto não são realmente recomendáveis a não ser por se terem acostumado a esperar o inimigo na ponta da lança ou da espada. E não há ninguém que lhes possa ensinar o que lhes falta e, muito menos, aquele que desconhece sua língua. Mas, vamos retornar a esses italianos, governados por príncipes sem visão, não souberam adotar nenhuma boa instituição militar e não tendo sido, como os espanhóis, premidos pela necessidade, não puderam eles próprios se organizar e permanecem, assim, a vergonha das nações.

De resto, não são os povos da Itália que se deve aqui acusar, mas somente seus soberanos que, por outro lado, foram severamente castigados por isso e sofreram a justa punição por sua ignorância, perdendo ignominiosamente seus Estados, sem ter dado o mais fraco sinal de coragem. Quereis vos assegurar da verdade de tudo o que digo? Repassai em vosso espírito todas as guerras que tiveram lugar na Itália, desde a invasão de Carlos VIII até nossos dias. A guerra geralmente torna os povos mais bravos e mais recomendáveis. Entre nós, porém, mais foi ativa e sangrenta, mas levou a desprezar nossas tropas e nossos generais. Qual é a causa desses desastres? É que nossas instituições militares eram e são ainda detestáveis e ninguém soube adotar aquelas recentemente estabelecidas em outros povos. Nunca se haverá de conferir alguma glória às armas italianas, a não ser pelos meios que propus e pela vontade dos principais soberanos da Itália, porque, para implantar semelhante disciplina, deve-se ter homens simples, rústicos e submissos às leis e não libertinos, vagabundos e estrangeiros. Jamais um bom escultor tentará fazer uma bela estátua a partir de um mau esboço, mas precisa de mármore bruto.

Nossos soberanos da Itália, antes que se tivessem ressentido com os efeitos das guerras ultramontanas, imaginavam que, para um príncipe, bastava saber escrever uma bela carta, arrumar uma resposta ardilosa, mostrar em seus discursos um pouco de sutileza e penetração e preparar habilmente uma armadilha. Recobertos de ouro e de pedrarias, queriam sobrepujar todos os mortais pelo luxo de sua mesa e de sua cama. Cercados de libertinos, no meio de uma vergonhosa ociosidade, governando seus súditos com orgulho e avareza, só concediam favores aos graus do exército, desdenhando qualquer homem que tivesse ousado dar-lhes um conselho salutar e pretendiam que suas mais insignificantes palavras fossem consideradas como oráculos. Esses infelizes não pressentiam que não faziam outra coisa senão preparar-se a se transformar em presa do primeiro que os atacasse. Disso decorreram, em 1494, os terrores súbitos, as fugas precipitadas e as mais milagrosas derrotas.

Foi assim que os três Estados mais poderosos da Itália foram várias vezes saqueados e entregues à pilhagem. Mas, o mais deplorável é que nossos príncipes atuais vivem nas mesmas desordens e persistem nos mesmos erros. Não imaginam que, entre os antigos, todo príncipe, cioso em manter sua autoridade, obedecia com cuidado às regras que acabo de prescrever e se mostrava constantemente aplicado em enrijecer seu corpo contra as fadigas e fortificar sua alma contra os perigos. Alexandre, César e todos os grandes homens daqueles tempos combatiam sempre nas primeiras fileiras, marchavam a pé, carregavam suas armas e não abandonavam seus domínios a não ser com a vida, querendo igualmente viver e morrer com honra. Podia-se recriminar talvez em alguns deles o demasiado ardor em dominar, mas nunca se poderia repreender qualquer frouxidão, nem qualquer coisa que enerve e degrade a humanidade. Se nossos príncipes pudessem se informar e imbuir-se de semelhantes exemplos, sem dúvida alguma, haveriam de seguir outro estilo de vida e certamente haveriam de mudar também o destino de seus Estados.

Vós vos queixastes de vossa milícia no começo de nosso colóquio. Se tiver sido organizada segundo as regras que prescrevi e ainda assim não ficastes satisfeitos, tendes razão em vos queixar, mas se foi seguido a esse respeito um sistema completamente diferente daquele que propus, é vossa milícia que tem direito de se queixar porque só fizestes um esboço falho, em lugar de uma figura perfeita.

Os venezianos e o duque de Ferrara começaram essa reforma e não a concluíram, mas só se deve a eles mesmos a respeito disso e não seu exército. De resto, afirmo que, aquele dentre nossos soberanos que por primeiro adotar o sistema que proponho, haverá incontestavelmente de ditar lei na Itália. Terá um poderio como aquele dos macedônios sob Filipe. Esse príncipe havia aprendido de Epaminondas a formar e disciplinar um exército. E enquanto o resto da Grécia se deixava levar pela ociosidade, ocupado unicamente em assistir aos recitais das comédias, ele se tornou tão poderoso, graças a suas instituições militares, que teve condições de sujeitar toda a Grécia e de deixar a seu filho os meios de conquistar o mundo. Quem quer que desdenhe essas instituições é de todo indiferente por sua autoridade, se for monarca, e por sua pátria, se for cidadão.

Quanto a mim, queixo-me do destino que devia me recusar o conhecimento dessas importantes máximas ou me conceder os meios de colocá-las em prática, pois que, nesse momento, eis-me chegado à velhice. Poderia ainda esperar ter a oportunidade de executar esse grande empreendimento?

Eu quis, portanto, comunicar todas as minhas reflexões a vós que sois jovens e de elevado grau e que, se vos parecem de alguma utilidade, podereis um dia, em tempos mais felizes, aproveitar do favor de vossos soberanos para aconselhá-los sobre essa reforma indispensável e ajudá-los na execução.

Que as dificuldades não vos inspirem nem temor nem desencorajamento. Nossa pátria parece destinada a fazer reviver a Antiguidade, como o provaram nossos poetas, nossos escultores e nossos pintores.

Não posso conceber para mim essas esperanças, estando já no declínio de meus anos, mas se a sorte me tivesse concedido um Estado bastante poderoso para executar esse grande plano, creio que, em muito pouco tempo, teria mostrado ao mundo todo o valor das instituições dos antigos. E, certamente, teria elevado meus Estados a um alto grau de esplendor, onde eu teria, pelo menos, gloriosamente sucumbido!

Impressão e Acabamento:
Gráfica Oceano